いい湯じゃのう（三）

ご落胤の真相

風野真知雄

PHP
文芸文庫

○本表紙デザイン＋ロゴ＝川上成夫

いい湯じゃのう㈢

ご落胤の真相

目次

いい湯じゃのう㈠　目次

いい湯じゃのう㈡　目次

『いい湯じゃのう』地図　日本橋周辺

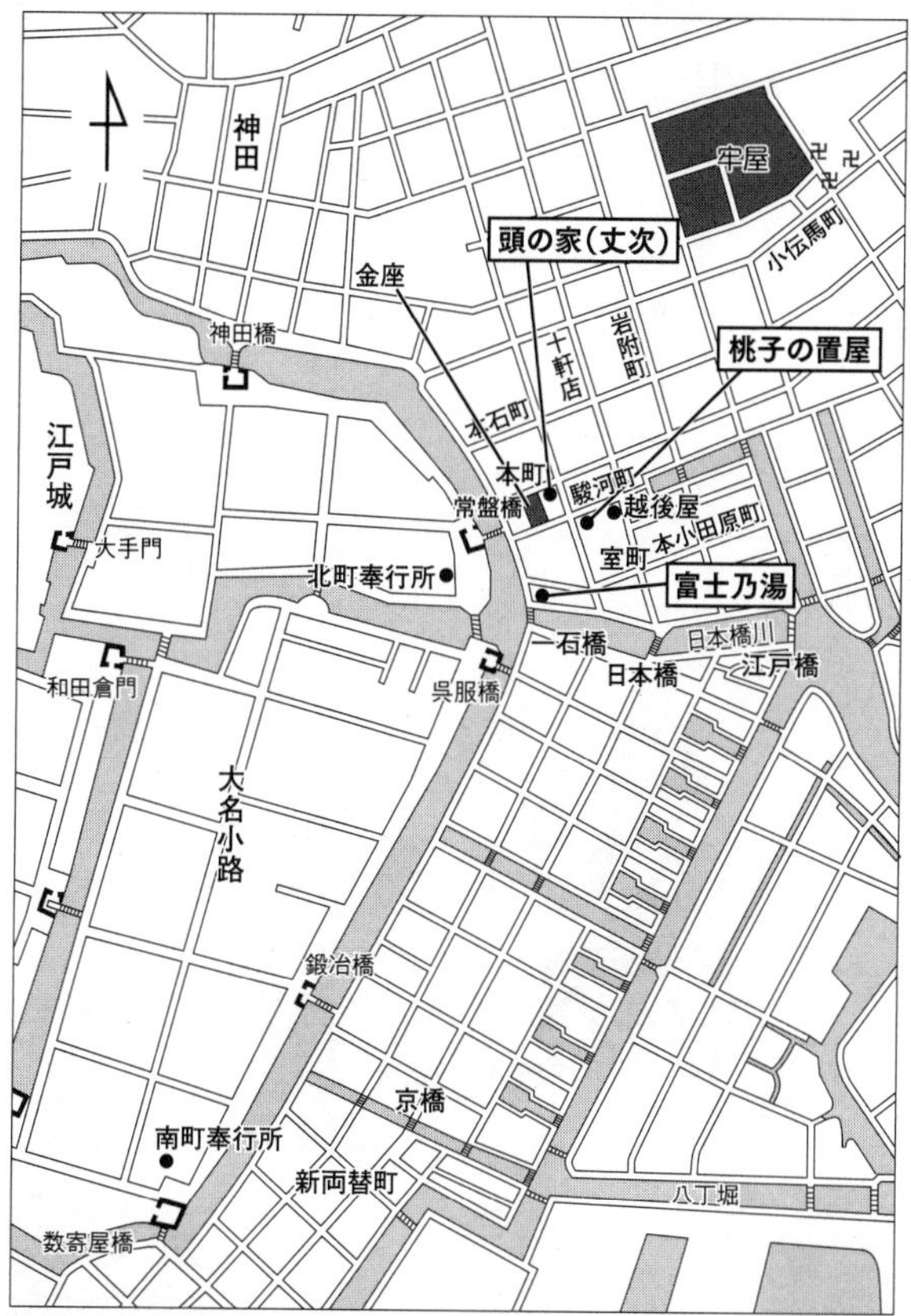

『江戸の町（上）』（内藤昌著／穂積和夫イラストレーション・草思社）を参考に作成

主な登場人物

徳川吉宗　第八代将軍。ひどい身体の凝りに悩まされている。富士乃湯では青井新之助と名乗る。

天一坊　江戸の湯屋で病の治療を行う山伏。吉宗のご落胤と噂される。

桃子　日本橋一番の売れっ妓芸者。富士乃湯の常連。

丈次　町火消〈い組〉の纏持ち。目安箱に湯屋について投書する。

湯煙り仙人　各地の温泉に出没する年齢不詳の人物。権蔵と天一坊の師匠。

大岡越前守忠相　南町奉行。
名奉行と評判だが自己保身が強い小心者。

権蔵　お庭番。「湯煙り権蔵」と呼ばれ、湯の中では天下無敵。

あけび　美貌と腕を兼ね備えたくノ一。
将来の理想は大店の女将。

山内伊賀亮　天一坊の弟子。天一坊を利用した陰謀を企む。

水野忠之　老中。綽名は「ほめ殺しの水野」。

安藤信友　老中。綽名は「おとぼけ安藤」。

稲生正武　勘定奉行。綽名は「ケチの稲生」。

上野銀内　天一坊の弟子。吉宗に揉み治療を行う。

イラスト　おとないちあき

第一章　権蔵の実力

一

お庭番の湯煙り権蔵とくノ一のあけびは、小春一家が入っていったという、龍神温泉から見て東の山に来ていた。小春は、吉宗が紀州にいた頃に出会った初恋の人、二人のうちの一人だった。

まずは温泉のある谷から頂上あたりへいっきに上った。かなりの急斜面で、権蔵は喘息の豚のように息を切らした。

だが、上のほうは風が渡っていて心地良い。

尾根伝いに歩き出した。

それにしても豊かな山と森である。

大きな杉の一帯を抜けると、落葉樹の森が広がる。栗の木もあれば、団栗がなる木も多い。

栗の実を保存し、団栗の実から粉を取れば、米がなくても大丈夫だろう。

これに獣や鳥を獲って、川に魚がいるのだから、この山では飢えることはなさそうである。

歩くうち、あけびはしきりに首をかしげ、

「ねえ、権蔵さん。山に入った家族は、こんな頂上に住むと思う？」

と、訊いた。

「住んだら悪いのか？」

「悪くはないけど、住み心地がいいとは思えないよ。水を汲みに行くだけでも大変だし」

「そりゃそうだ」

あけびは耳を澄ました。

「こっちの谷にも水が流れているみたいだね」

「そうか？」

「聞こえないんだ。耳、遠くなってない?」

「……」

若い娘はなんて残酷なことをさらりと言うのだろう。権蔵は心の裏側を鞭(むち)で叩かれたような気がした。

そういえば、このところ、身体(からだ)のあちこちに老いが現われている。目が霞(かす)んでいる。奥歯がほとんど抜けて、いまは前歯だけでものを嚙(か)んでいる。リスになったみたいな気がするときがある。また、変なところに毛が生えるようになった。耳の穴とか、眉毛(まゆげ)のあいだなどに。

それでも、耳が遠いとは思わなかった。

言われてみれば覚えはある。最近、役宅の庭に来る雀(すずめ)が鳴かなくなった。季節のせいかと思っていたが、あれは鳴き声が聞こえなくなったせいだったのか。

老いの哀しみが襲ってきた。すると、若い者を許す気持ちがわいて、

「あけびにも、もう少しやさしくしなきゃな」

と、言った。

「いや、やさしくしなくていいから」

あけびとしては、権蔵や山役人などのオッサンたちの自分への雑な扱いに対する復讐の気持ちで言ったのだが、なにかずれた反応にそっと首をかしげた。

「よし、下りるぞ」

今度は斜めに、東の谷へ下った。

木々のあいだから、細い谷川が見えてきた。龍神温泉がある日高川よりずいぶん細いが、かなりの急流である。

「権蔵さん。あれ」

あけびが指差したほうに小屋があった。

小さな破れ屋で、屋根は茅ではなく、芒だの枯草だので葺いてある。それも、ところどころ剝がれ落ちてしまっていた。

「杣の者の小屋かな」

「行ってみようよ」

権蔵とあけびは、警戒しながら近づいた。

ようすを見ながら小屋を一回りした。

人の気配はない。杣の者が使っているようなようすもない。

「誰もいないみたいだね」

「ああ。入るぞ」

入口の板戸は、引き戸ではなく、単に立てかけただけの戸で、持ち上げてわきに置いた。蜘蛛の巣がべったり張りついていたので、しばらく人の出入りもなかったのだ。

「ほう」

権蔵から声が洩れた。

なかは六畳ほど。見事に何もない。

囲炉裏は、土を掘り、周囲を石で囲んだだけの簡単なものである。板の間などはなく、土のうえに筵を敷いただけである。冬などは、よほど囲炉裏に薪などをくべないと、寒かったことだろう。もっとも、薪などはいくらでもあるし、毛皮を着込んだりもしただろうから、暑さより寒さは耐えやすかったかもしれない。

「小春がいた小屋じゃなさそうだな」

と、権蔵が言った。

「いや、小春さんがいたんだよ」

あけびは自信がある口調で言った。

「なんでわかる？」

「その甕(かめ)だよ」

指差した部屋の隅に大きな甕があった。

「たぶん染め物に使ったんだと思う。色が染み込んでいるところがあるもの」

「なるほど」

「でも、若いうちだけで、そのあとはやめていたかもしれないね」

あけびは甕に触れながら言った。

権蔵は窓があるのに気づき、窓の板を外に押し出し、つっかい棒をした。部屋が明るくなった。

「何人いたのかな？」

権蔵は訊いた。

「さあ」

あけびは素(そ)っ気(け)なく言った。これだけではわかるわけがない。

権蔵は囲炉裏端にあぐらをかき、

「あけび。そこに座ってみろ」

と、正面を指差した。

「そこに？　どうするの？」

「家族のふりをして、暮らしを想像してみる」

「あたし、権蔵さんの妻じゃないよね？」

「嫌か？」

「嫌よ」

「ふりだぞ」

「ふりでも」

あけびは頑(かたく)なに拒絶した。

権蔵はかなり傷ついたが、そこは譲(ゆず)って、

「じゃあ、わしがおやじで、お前が小春だ」

「それなら、なんとか」

と、あけびは権蔵の正面に座った。

権蔵は腕組みをし、目をつむった。

それから何も言わない。

「なんか、わかる？」

「わからんな」

「だろうね」

あけびは鼻で笑った。

「だが、家族の真似をしてみたかったんだ」

「家族の真似？」

見ると、権蔵は寂しそうな顔をしていた。

「権蔵さん、家族は？」

「そんなもの、ない。だから、せめて真似をしてみたかった」

あけびは思わずグッときそうになったが、同情を買おうとする小芝居に決まっている。

「日本中の温泉に入ったんでしょ。家庭なんか持ったら、そんなことはできないよね。しかも、しょっちゅういろんな女に手を出して来て、いまさら家族が欲しいって？　図々しいわよ」

　ぴしゃりと言った。

　急にしょぼんとした権蔵は、

「そうだよなあ。図々しいよ。ほんとだ」

と、俯いた。

　あけびはまた同情しそうになったが、

「でも、権蔵さんも隠し子くらいいるんでしょ？」

「そりゃあ、いるさ。一人、二人、三人……」

　数え始めたのには、返す言葉もなかった。

二

「これ以上いても無駄だな。次、行ってみるか」

　と、権蔵が小屋から出ようとしたので、あけびはますます呆れた。

　オッサンはだいたい諦めが早い。どうしてもっと、つぶさに見ようとはしないのか。

「権蔵さん。ここには、幸せの痕跡(こんせき)が残っているよ」

あけびは権蔵を引き留めた。

「どこに？」

「ほら」

と、あけびは柱を指差した。

「なんだ、その傷は？」

柱に傷がついていた。横に短く刻んだものだが、下から数えると十七あった。

「子どもの背丈を測ったんでしょうが」

「あ、そうか」

いちばん下はあけびの太腿(ふともも)くらいの高さ。二寸（約六センチメートル）くらいずつ上に行くが、終わりのほうで急にあいだが開き、十六番目と十七番目では、あいだが三寸以上あった。かなりの長身になったらしい。

毎年、決まった日にここで子どもの背丈を測ったのだろう。たぶん、一年も抜けていない。

そのことからは、幸せな光景しか思い浮かべることはできない。

「それと、あそこに変なものが」

と、天井近くの壁の貼り紙を指差した。

すでに煤けて、壁と見分けがつきにくいが、明らかに紙である。

「ああ、それか」

それかじゃないでしょう、とあけびは言いたい。どうしてこういうものを調べないのか。

「なんなの？」

「紀州の家ではどこにでもある。珍しくもなんともない。熊野の牛王符というやつだ」

「牛王符？」

「烏の姿で文字をかたどっているだろ」

「あ、烏か」

「烏文字っていうのだ。熊野にある三つの神社はどこもこのお札を出しているが、これは那智大社のものだな」

「那智大社というところにお参りに行ったんだね」

「たぶんな」

「では、そこへ行ってみようよ」

「無駄だな」

権蔵は面倒臭そうに言った。

「どうして無駄なの？」

あけびはなじるように言った。

「熊野になんか数え切れない人が参詣に行くんだぞ。小春が来たという痕跡なんか、残ってるわけ、ないだろうよ」

「絵馬かなんか奉納したかもしれないよ。そこに、なにか大事な願文が書いてあるかもしれないでしょうが」

「熊野の絵馬なんか見始めたら、数が多過ぎて、お前、婆さんになっちまうぞ。それに、お焚き上げされてしまっているかもしれないし」

「……」

ほとんどやる気が感じられない。

いまは言っても無駄なので、あけびは小屋の外に出て、周囲を調べ始めた。川まではちょっと下に行かなければならない。だが、鉄砲水などの危険もあるので、ここらに小屋を造ったのは賢明だろう。

「あ」

あけびは目を瞠った。

「どうした?」

「これって、お墓だよね」

指差したところには、丸い石が三つ、一間(約一・八メートル)くらいずつ、あいだを置いて並んでいる。いずれもカボチャほどの大きさの自然石だが、白っぽくて穏やかな佇まいである。まさに、墓石にふさわしい石を選んだ感じがする。

「そうかもな」

あけびはしばらく石に手を合わせてから、

「権蔵さん、掘ってよ」

「え……」

「若い娘に、墓、掘らせる？　帰ったら、お頭に報告するよ」

「わかったよ。掘りゃあいいんだろうが」

権蔵は近くにあった板や木で、まずは鍬のようなものをこしらえ、それで掘り始めた。土は柔らかいので、どんどん掘り進めることができる。

四半刻（三十分）ほどして――。掘り起こされた三つの穴の底には、それぞれ一体ずつ骸骨が横たわっていた。いずれも大人の骨である。

着せられているもので男女はわかった。左の穴だけが女で、あと二つは男。真ん中の男の頭蓋骨には、焼け焦げたみたいな痕がある。

「なんだろうな。頭でも焼かれたのかな」

権蔵は首をかしげた。

男二人の墓には埋葬品はなかったが、女のほうには油紙に何重にも包まれたものがあった。あけびが開けてみると、それは桜色に染められた木綿の糸だった。

「きれいですね、小春さん」

と、あけびは言った。長年土のなかにあっても、染め色はそのまま残されたみたいだった。

　それだけは預からせてもらい、あとは元のように埋めもどした。

　もう、ここには調べることもなさそうなので、いったん龍神温泉にもどり、千秋（ちあき）が入った西側の山に向かうことになった。

三

「権蔵さん。今日こそゆっくり龍神温泉に入らせてもらうよ」

　あけびは絶対に譲らないという口調で言った。こんな山奥まできて、温泉の心地良さを味わえないというのは、嫌がらせ以外のなにものでもない。

「もちろんだよ。おれだって、あけびには龍神温泉の素晴らしさを肌で感じてもらいたいさ」

　権蔵はとぼけた顔でうなずいた。

　なんか怪しいのである。

「いっしょになんか入らないからね」

念押しした。

「そりゃそうだよ。一人のほうがゆっくり入れるからな」

すぐに承知したのも胡散臭い。

だが、疑い出すときりがなく、入れなくなってしまうので、あけびは覚悟を決めた。

藩主専用の湯はさすがに入れないが、その隣にむしろ藩主の湯よりも広いという湯があり、そちらに向かった。

途中、紀州藩の山役人の田辺と会ったので、

「どうして龍神温泉などという名前になったのですか?」

と、訊いてみた。

「ああ、それはな、この湯を開いたのが弘法大師で、龍神さまの夢のお告げがあったそうなんだよ」

「龍神さまの夢……」

どういう夢なのか想像できないが、いちおうありがたいものなのだろう。

女湯は右手だと教えられ、そちらに向かった。混浴でないのは嬉しい。

着物を脱ぎ、湯のそばに行った。他に客はいない。

日は暮れかかっているが、濁りは見えない。黄色っぽく見えるのは、光の加減かもしれない。

かけ湯をし、足を入れ、身体を沈める。

湯が柔らかい。肌を包むように、温かさが染みてくる。

「まあ、いい湯だこと」

あけびは、身体のいろんなところが柔らかくなっていくのを感じている。

疲れが抜け出ていく。

くノ一は、身体だけでなく、気持ちも酷使させられる。この境遇から脱出するには、大きな手柄でも立てるしかないのだろうか。

——いまの仕事は、その大きな手柄になるかもしれない……。

そういう期待もある。

——でも、期待するのはよそう。なにせ、あのオッサンといっしょの仕事なのだから。

そう思ったとき、

「よう、あけび」

権蔵の声がした。びっくりしてふり返ると、脱衣場に権蔵が立っている。

「勘弁(かんべん)してよ。ここは女湯だよ」

うんざりである。どうして一人でゆっくりさせてくれないのか。これだからオッサンとは仕事をしたくないのだ。

「怒るのはわかるよ。でも事情があってな」

「どんな事情よ?」

あけびが不機嫌に訊き返すと、権蔵の後ろから山役人の田辺が顔を出し、

「じつは、こいつを入れようと思っていた男湯なんだけど、手違いで湯を抜いてしまったんだよ。また溜(た)まるには明日の朝までかかるので、申し訳ないが隅のほうに入れてやってもらえないかい。絶対に悪さはしないと約束させたから」

権蔵がそういうことにしてくれと頼んだに決まっているのだ。

あけびは、それをとがめる気力も失せ、

「あ、はい。どうぞ。そのかわり、いっさい声をかけないでよね」

ときつい声で言った。

オッサンに裸を見られると、シミがつきそうな気がするので、完全に無視することにした。

湯舟からは川が見えている。すでに陽は落ち、昼の尻尾のような、微かな光が青白く漂っている。

湯舟の縁に顎をのせ、身体の力を抜く。うっとり目を閉じる。身体が湯に溶ける。

そのとき——。

「六根清浄、六根清浄……」

どこからともなく男たちの声が近づいて来た。

「権蔵さん、あの声は？」

「おれはしゃべらないよ」

オッサンはいつまでもひねくれる。

——あ。

湯舟の縁に五人の男が立った。

いずれも筋骨隆々で素っ裸。壮観と言えば壮観だが、なんだか物騒だし、だいいち卑猥(ひわい)である。

しかも、裸のくせに、金剛杖(こんごうづえ)は持っている。

「あなたたちが入るのは、ここじゃない。滝でしょ」

あけびは言った。

「いや、いいのだ。修行ではない」

真ん中の男がそう言うと、五人はざぶざぶと大きな音を立てながら湯舟に入って来た。

「修行じゃないの？　だったら物見遊山(ものみゆさん)？」

「違う。山と湯の穢(けが)れを祓(はら)いに来た」

五人のうちの誰が言ったかはわからない。もっともこの五人は、気味が悪いくらい区別がつかないのだ。

「山と湯の穢れ？」

「お前たちのことだ」

五人のうち三人は権蔵を、二人はあけびを指差した。権蔵は穢れだろうが、あたしは違うと、あけびは言いたい。

「失礼ね」

「山は清浄な場所。温泉も同様。お庭番などという腐った連中が入るところではない」

「どうして、わたしたちがお庭番だと？」

あけびは驚いて訊いた。

お庭番の存在は、幕臣でさえ知らない者がほとんどなのに、なぜ、こいつらが知っているのか。

「お前たちは見張られている」

「熱海で会ったのもあなたたちだよね」

「そんなことはどうでもよい。とにかく、山にも湯にも、お前たちは入ることはできない」

「入ると言ったら？」

「明日あたりには、熊野灘の底に沈んでいるだろう」

金剛杖の先が、権蔵とあけびに向けられた。

すると、権蔵の頭がすうっと湯のなかに消えた。

「ややっ」

「どこへ行った？」

男たちは金剛杖を銛のように構えたまま、湯のなかを見回した。

すると、あけびも驚いたのだが、これまで透明だったはずの湯が、いつの間にか真っ白に濁っているではないか。

そのとき異変が起きた。

権蔵のいちばん近くにいた男が、突如、湯のなかにひっくり返った。

男は釣られた鯉のように、もがいたり反転したりしている。

「おい、どうした？」

「助けろ！」

騒いでいるが、何が起きたのかわからないから、どうすることもできないでいる。

すると、今度はあけびの近くにいた男が、やはり湯のなかにひっくり返った。

向こうでは、まだ男がもがいているのにである。

「あやつ、どこにいるんだ」

湯の深さは、男たちのヘソあたりだが、恐怖にかられ、金剛杖を湯に突き刺すようにしている。

また一人、今度はひっくり返るというより、引きずり込まれたように見えた。

あけびは唖然（あぜん）として見守るばかり。

やがて五人の男たちは全員、湯のなかでもがき始めた。

異様な光景である。

まるで網（あみ）で捕らえられた鯉が、岸近くまで引き寄せられて暴れているみたいである。

権蔵の姿は見えていない。いったい、どこにいて何をしているのか。

これは、権蔵のしわざなどではなく、修行の一種なのではないか。

だが、やがて一人ずつ動きが小さくなり、ついにはぴくりともせず、浮いているだけになった。

そこで権蔵がようやく湯から顔を出し、

「あけび、おれは上がる。お前はまだ入っているのか？」

と、何気（なにげ）ない調子で訊いた。

権蔵がこんなに素敵に見えるときがあるのかと、あけびは目を疑った。

「いえ、上がります」

さすがに、五人の溺死体が浮くなかで、ゆっくり湯に浸かる気分にはなれない。

湯から出て、宿のほうへ向かう前、あけびはもう一度、振り向いた。

男たちは、静かに成仏していた。

まさに湯煙り権蔵が、ものの見事に本領を発揮したのだった。

その翌日——。

権蔵とあけびは、西側の山々を、吉宗のもう一人の初恋の人、千秋のいたところを探し求めて歩き回っていた。

小春の小屋は簡単に見つかったが、千秋がいたような小屋はなかなか見つからない。

いくつもの山を上り下りして、一日中歩き回ったが、小屋の一つとも行き合わない。

「千秋はどこに消えたのかな」

権蔵が愚痴をこぼしたとき、杉の木の上に人がいるのが見えた。

杣の者が、杉の枝を払っていた。そうやって、床柱にできるような、まっすぐな杉の木を育てるのだと聞いたことがある。

「ちと、訊きたいのだがな」

権蔵が上に声をかけた。

「なんだな？」

「いまから三十年近く前なんだが、このあたりの山に入った若い娘が、赤ん坊を産み、そのまま山で暮らしていたはずなんだよ」

「千秋のことかな」

「お、千秋を知ってたか！」

「ああ、千秋の亭主はおらの友だちだったし」

「千秋の亭主？　亭主がいた？」

権蔵は不思議そうな顔であけびを見た。

「どうしたの、権蔵さん？」

「そりゃいたでしょうよ。小春さんにもいたでしょうが。隣に男の骨、あったでしょう」

「え？　あれ、亭主か？」

「なんだと思ったの？」

「いやあ、おやじか親戚かと」

「……」

あけびは呆れた。上さまの子を宿すと、娘はその子を誰の手も借りず、女手一つで育て上げるというような、純な物語でも夢見ていたらしい。

「亭主はどんなやつだった？」

権蔵は上にいる杣の者にさらに訊いた。

「どんなって、千秋の幼なじみだよ。それで、子どももでき、山仕事で生きて行くことにしたのさ」

「幼なじみだったたって言ってるぞ」

権蔵は衝撃を受けた顔であけびを見た。

「それがどうしたの？」

「上さまと出会ったとき、男がいたことになるぞ」

「だろうね」

「お前、よく平気な顔していられるな」

権蔵の、まるで初めて男女の営みのことを知ったみたいな反応に、あけびは思わず笑い出してしまった。

第二章　妙な引札

一

暑い日がつづいている。

江戸城のなかも、もちろん暑い。

こうも暑いと、為政者としては農作物の被害が心配になる。この国の食の中心にある米は、成長するために多くの水を必要とするのだ。

「飢饉などが起きねばよいがな」

吉宗は、老中の水野忠之と安藤信友に言った。

「まったくでございます。雨乞いの祈りでもさせたくなります」

水野が言った。

「それよりも、飢饉に強い食物というのはまだ見つからぬのか？」

「は。どうやら甘藷という芋が日照りに強いらしいのですが、今年の暑さでどれくらい強いか検証できるかもしれません」

安藤が言った。

甘藷とはサツマイモのことである。一般的には、甘藷先生こと青木昆陽が、享保二十年（一七三五）に小石川養生所の畑に試し植えをしたのを嚆矢としている。だが、じっさいはもっと早くから研究が始まっていて、この前年には浜御殿の庭で、甘藷の試植がおこなわれていた。

「うむ。なんとかうまくいってもらいたいのう」

「御意」

「それにしても暑い」

吉宗は唸るようにつぶやいた。

どうも、暑さというのは、身体の大きい者ほどこたえるのではないか。

ここにいる者を見比べても、痩せて小柄な安藤は、たいして苦しそうには見えない。中肉中背の水野は扇子で胸元に風を送り込んだりはするが、汗が見苦しいほどではない。

二人と比べると、巨体の吉宗は菜種油を絞る石臼になったみたいに、たえずだらだらと汗が流れている。つねに手拭いで額を拭いていないと、汗が目に入って痛くなるほどである。

また、こういう日は、城の者も皆、あまり動きたくないのだろう。いつもだと、茶坊主たちが大好きな汚物を見つけた銀蝿の群れみたいにうろうろしているのだが、今日はほとんど見かけない。城内はひっそりと静かで、蟬だけが庭の向こうで油っこく鳴き交わしていた。

「富士乃湯に行きたいのう」

吉宗は言った。

「こんなに暑い日に、あの熱い湯に？」

安藤が呆れたように訊いた。

「暑い日こそ、熱い湯に入ると、暑さがまぎれるのではないのか」

屁理屈ではない。本気で言っている。

「そうでございますか。それほどまで……」

安藤は水野を見た。

それほど行きたいのなら、ぜひかなえてさしあげたいのだ。じっさい、富士乃湯に行き出してから、吉宗の凝りはずいぶん軽くなってきている。

水野はうなずき、

「今日は一件だけ、予定がございます。じつは、いまごろ勘定奉行の稲生正武が、例の上さまの隠し子ではないかという噂について、関東郡代の伊奈半左衛門と打ち合わせをしております」

「どういう打ち合わせだ？」

「そうした噂を方々でばらまかれるのは、幕府の威厳にも関わるので、関東郡代としては早急に取り調べをおこないたいと」

「だが、湯煙り権蔵たちの報告は、まだないぞ」

吉宗はそう言って、一瞬、遠い目をした。

もちろん気がかりである。

初恋にまつわる話で、自分の知らない子どもがいたとしても不思議ではない。

だが、なぜ、いまごろになって？

子ができたら、城まで参るようにと言ったはずなのである。あのとき来ないで、いまになってそんな話が、江戸の巷で出回るというのも妙な話ではないか。

おそらく真実は、湯煙り権蔵たちが探り出してくれるだろう。すべては紀州の、龍神温泉の周囲であったことなのだ。

「そうなのでございますが、伊奈曰く、噂はある程度まで行くと、一人歩きを始め、まるで動かぬ真実のようになってしまうものだと」

「なるほど」

「それを止めるため、とりあえずその人物の話を直接、訊いてみたいと申しております。それで、これからどうすべきか、勘定奉行の管轄内のことですので、伊奈と話し合ったうえで稲生が判断し、報告に参るはずです」

「そうか」

吉宗はうなずいた。

そのような大事な話であれば、ここで待つべきだろう。

しかし、今日は暑い。こういう日は、ぼんやりしたり、苛々したりして、判断を間違えがちなのだ。

吉宗は、膝を叩いて言った。

「そうだ。稲生の報告は、富士乃湯で聞けばよいではないか」

「富士乃湯で、この大事な話をするのでございますか？」

安藤が心配そうに訊いた。

「まずいか？」

「町人どもがうじゃうじゃおりますぞ」

「そんなことは平気だ。稲生だって耳打ちくらいはできるだろう」

「御意。稲生にも伝言しておきましょう」

安藤はうなずいて、すぐに手配にかかった。

時刻はおりしも巳（み）の刻（午前十時）、巷の湯屋（ゆうや）も空（す）いてくるころである。

二

吉宗はいつものように目立たぬなりで城を出た。熱だけでなく重さも感じられる陽射（ひざ）しが、真上から降り注いでいる。足元には、焦（こ）げたのかと思うような黒い影が刻まれる。

年に幾日あるかというような猛暑である。

「今日は凄（すご）いな」

吉宗は笑いながら言った。こうも暑いと、笑うしかない。

「いやはや、これは……」

城内ではさほど暑そうにしていなかった安藤も、暑さに押しつぶされたように背を丸めて歩いている。

こう暑いと、町人たちもできるだけ陽の下には出たくないらしい。常盤橋御門（ときわばしごもん）を出て富士乃湯に着くまで、まるで疫病（えきびょう）に襲われた町のようにほとんど人を見かけなかった。

吉宗がのれんを分け、番台に湯銭（ゆせん）を置くと、

「へい、いらっしゃい。おや、青井（あおい）さま、お暑いところを大変でしたね」

と、あるじが声をかけてきた。吉宗は富士乃湯に行くときは、青井新之助（しんのすけ）と名乗っている。何度かの謎解きのせいで、あるじにまで名前が伝わったらしい。

「なあに、湯の心地（ここち）良さを思ったら、途中の暑さなど気にならぬわ」

「そんなお客ばかりだとよろしいのですが、今日はがら空きでございます」

なるほど、ここから見ても、警護の同心らしき男以外は、誰もいない。

「皆、汗をかくから、湯屋などは混むのではないのかと思っていたがのう」

「逆ですよ。こう暑いと行水のほうが気持ちがいいらしく、湯屋は空いているんです。そのかわり、夕方になると混み出しますがね」

「なるほどな」

吉宗はうなずき、板の間に上がって薄手の着物を脱いだ途端、壁に目が行った。

おかしな引札（広告）が貼ってあった。

「これは引札なのか？」

吉宗はあるじに訊いた。

「そうなんですよ。妙な引札でございましょう？」

「この前はなかったな？」

「昨夜遅くに貼ったものです」

「なんの引札なのだ？」

「それがわからないんですよ」

おやじは困ったような顔をした。

その引札は、他と違ってきわめてすっきりしている。余計な文句はなにもなくて、ただ一文、

「これはなんだ」

と、朱文字で大きく書かれている。そして、その下には、ちょっと横につぶれたような円が描かれている。

それだけなのだ。商品名も店の名前もない。

だが、紙の周囲が縁取りしてあったり、文字も歌舞伎の看板で使われるような凝ったかたちをしていて、いかにも引札らしいのだ。

「店の者が貼ってもらいに来たのだろう?」

吉宗はさらに訊いた。

「違うんです。じつは、うちの倅が誰かに頼まれてつくったものなんです。こういう引札にするというのも、倅が考えたようでして」

「倅?」

吉宗は見たことがない。

「いるんですよ。遅くにできたのでまだ二十歳(はたち)なんですが、芝居に夢中で、台本書きの見習いみたいなことをしてますんで」

「湯屋は継がないのか？」

「まあ、無理でしょう」

おやじは情けなさそうに首を横に振った。

「なるほど、倅のやったことではそうそう文句も言えぬか」

吉宗はそう言って、洗い場のほうへ進んだ。

倅の悩みは吉宗にもある。今度の隠し子騒動だって倅の悩みといえるのかもしれない。

「水野。転ぶなよ」

吉宗は振り返って言った。

水野は来るたびに頭をぶつけたりして、いまだに湯舟までたどり着いたことがない。

「はい。今日はもう決してよそ見もしませんし、こう、腰を落としまして、身体の安定をはかっておりますので」

見ると、水野は亀が立ち上がったみたいな恰好でのそのそ付いて来ていた。

「今日は大丈夫そうじゃな」

吉宗は笑い、湯気のなかをざくろ口に近づいた。すると、水野に気を取られていたせいで、置いてあった桶の縁を踏んでしまった。

吉宗はふだんから足腰を鍛えているので、それくらいで転んだりはしない。ただ、桶のほうが縁を踏まれた拍子でひょいと縦になり、くるくる転がり出したではないか。

「まずい」

吉宗は思わず声が出た。

桶は転がって行って、水野が慎重に右足を持ち上げたその下にすっと入ると、下ろそうとした右足をつるっと滑らせたのだ。

「あ」

吉宗が次の声を出したときには、水野はもう仰向けにひっくり返っていた。

「大丈夫か、水野？」

「大殿。わたしはなにか、バチでも当たっているのでございましょうか」

「そんなことはあるまいが、とにかく今日も向こうで待機しておるがよい」

「わかりました」

水野は落胆しつつ引き返した。

三

吉宗と安藤がざくろ口をくぐって、今日も熱い湯に唸りながら浸かったとき、

「おう、空いてるねえ」

「そりゃそうだよ、兄貴。こんなクソ暑い日に、熱い湯に入ろうなんて無謀な男は、兄貴くらいのもんだって」

声がして、勢いよく町火消の丈次と三太が入って来た。

「あれ、無謀な人がほかにもいるよ。あ、青井さまじゃないですか」

三太が素っ頓狂な声をあげた。

丈次が湯に入るのを待って、

「丈次。わしもそなたといっしょだ。暑いときこそ熱い湯に入りたい」

と、吉宗は声をかけた。

「青井さまもですか。あっしらは、身体の仕組みが似てるのかもしれませんね」

「そうだな」

吉宗はにこやかにうなずいたが、安藤のほうは町人のくせに親し過ぎるぞという顔である。

「それより青井さま。向こうの壁に貼ってあった引札をご覧になりましたか？」

丈次は呆れた調子で訊いた。

「見たとも。これはなんだ、という引札だろう」

と、吉宗はうなずいた。

「ええ。なんなんですかね。ここの倅がつくったらしいんですがね」

「だが、目立つことは目立つわな」

「目立ちますが、なんだかわからない引札じゃ、貼ったってしょうがないでしょう」

「いや、なにか効果があるのかもしれぬぞ」

吉宗がそう言うと、

「青井さま。また、お得意の謎解き、お願いしますよ」

丈次は嬉しそうに言った。

「あれも謎になるのか」

「謎ですよ。そういえば、金座の不正の件もお見事でしたねえ。あのあと、青井さまの噂で持ち切りだったんですよ。あんな優秀なお方が、幕府の中枢にいないのはおかしいなんて言う者までいたくらいですぜ」

「いやいや……」

吉宗は照れて、頭をぽりぽりと掻いた。

「だが、丈次もわしばかり当てにせず、自分でも考えてみたらどうだ？」

「あっしがですか」

丈次が苦笑すると、わきから三太が、

「そうですよ。青井さま、兄貴もじつは、洞察力の鋭さじゃ町内でも有名なんですから」

「そうなのか？」

「この前も、火事の現場で野次馬を眺めていて、火付けの下手人をひっ捕まえたんですぜ」

三太は自慢げに言った。

「ほう。それはたいしたものだ」

「なあに、どうってことは」

「では、謎の解き明かし比べでもするか」

「いいんですか。では、僭越ながら、青井さまに対抗させてもらいます」

それから、吉宗と丈次は湯に浸かったまま、沈思黙考を始めた。

「あちちち」

安藤が耐え切れずに飛び出し、

「あっしも我慢できねえ」

三太も洗い場へと逃げた。

「ううむ」

「ううむ」

吉宗と丈次は唸っているが、謎解き比べか熱さの我慢比べかわからなくなってきた。

「もう、駄目だ」

「あっしもです」

吉宗と丈次は同時に湯舟を出て、洗い場に腰を下ろした。

それから糠袋で身体をこすり始めた。

「難しい謎じゃのう」

「難しいですね」

「だいたい、湯屋の引札というのは、近所の店のものが多いのではないのか？」

それだと、吉宗は不利である。歩いたことがあるのは、この富士乃湯と常盤橋御門のあいだだけなのだ。知っている店はほとんどない。

「そうとも限りませんぜ。多いのは薬の引札ですが、江戸中の老舗の引札もかなりあります」

「そうか」

であれば、市井の報告などで江戸中のことを読んだり聞いたりしている吉宗のほうが有利かもしれない。

「あ、やはり薬屋の引札で丸薬なのでは？」

と、丈次が言った。

「丸薬？」

「新しい丸薬なんですよ。来月にはこれがそれだと、ちゃんと丸薬の引札になるんです」

「だが、あれが丸薬だとしたら、大き過ぎて飲みにくい気がするぞ」

「確かに」

と、丈次はすぐにその答えの案を引っ込めた。

「かたちからしたら、卵か餅ではないか」

と、吉宗は言った。

「そうですね」

「このあたりに、卵屋か餅屋はないか？」

「どっちもあります。卵屋は魚市場の一画にありますし、餅屋は大通りにもあるし、本小田原町に入ったところにあります。でも、どれも繁盛していて、いまさら湯屋にわけのわからねえ引札を出す必要もないと思いますぜ」

「そうか。逆に、なに、わけのわからぬことを、してるのだってことになってしまうか」

吉宗も、丈次の意見に納得した。

糠袋で全身をこすり、水で流した。

さすがにもう一回、湯舟に浸かる気はしない。

「青井さま、お忙しいので？」

「ん？　なぜじゃ？」

「よければ、ここの二階に行って、寝転びながら思案しませんか？」

「二階？　二階にも風呂があるのか？」

吉宗は驚いて訊いた。

そういえば、番台の横に階段があった。あれは、この湯屋の家族が住まうところなのだろうと、勝手に想像していた。

「いや、風呂はありませんが、湯に来た客がごろごろできるようになっているんですよ」

「そんな仕掛けがあったのか」

「仕掛けってほどじゃねえと思いますが」

「それはいい。行ってみよう」

好奇心旺盛な吉宗である。

丈次と三太につづいて、初めて富士乃湯の二階に上がった。

四

湯屋の二階が、客のための休憩場となっているのは、江戸だけの風習で、京・大坂の風呂屋にはない。

できたきっかけは、明暦三年（一六五七）にそれまでいた湯女を禁止したかわりと言われるが、吉宗の時代よりあとにできたという説もある。だが、ここ富士乃湯は江戸城の真ん前、世の流行に先んじていても、なんら不自然ではない。

金持ちの商人たちが特権的に利用しているような湯屋もあったらしいが、富士乃湯のあるじはそんな意地の悪いことはしない。誰でも上がることができるようにした。

そのかわり、お代は要る。湯銭の六文（約百二十円）のほか、八文をいただく。富士乃湯の場合、お茶は飲み放題だが、いろんな菓子が置いてあり、そっちは別途、代金を徴収した。

いちばん最後に上がった安藤が、まずは五人分の代金を支払った。

「ほう」

吉宗は二階を見渡して感心した。畳敷きでかなり広い。十六畳から二十畳ほどはあるか。

「女はここを使えないのか？」

丈次に訊いた。

「女は駄目です。もっとも、女も入れるようにした日には、ぺちゃくちゃと一日中ここでしゃべっていることになりますから」

「さようか」

「男にも、ここで将棋や囲碁をして一日をつぶすような暇人はいますがね」

ただ、今日は暑さのせいか誰もいない。

「なかなかいいところではないか」

三方に窓があり、風もよく通っている。

直接の陽射しは葭簀が防いでくれる。その葭のすき間を透かして、お濠も見えていた。

「そうでしょう。夕暮れどきの風情なども、いかにも江戸の佇まいで、あっしは大好きです」

丈次が言った。

「さて、思案のつづきだ」

と、吉宗は横になったが、すぐに起き上がり、

「なんだか小腹が空いてきたな」

「じつはあっしも」

丈次がうなずき、

「なにを隠そうあっしも」

三太もうなずいた。

「では、わしがなにかごちそうしよう。なにがあるのだ?」

「おーい。二階に菓子を持って来てくれ」

丈次が下に声をかけると、あるじが菓子盆を持って来て、吉宗の前に置いた。盆には、餅菓子、豆菓子、飴玉(あめだま)、煎餅(せんべい)などが載っている。

「お、いろいろあるんだな」

吉宗は子どものように、にやりとした。城にいるときは、こうはいかない。普段の食事ですら、毒見やらなにやらで、勢いよくかっこむなどということはできない。菓子を食べたいと言えば、まずは茶の湯の仕度(したく)が始まる。

吉宗がちらりと水野を見れば、

「ま、ここだけということで」

というように、そっとうなずいた。

丈次と三太は、餅菓子に、かぶりついている。餅菓子はもう一つ、残っていたので、吉宗もそれを取った。

「なかには何か入っているのか?」

「塩あんが入ってますよ」

丈次が口をもぐもぐさせながら言った。

江戸の後期に大人気となる大福餅は、このころはまだない。だが、餅に工夫を加え、菓子として売り出すようになったのは、吉宗の時代だった。

「なるほど、うまいものだな」

「そうでしょう」

「何が入っているのかわからないのも面白い」

吉宗はそう言ったあと、もう一度、食べかけの餅菓子をじいっと見つめ、

「なあ、丈次。あの引札は、やはり餅菓子のことではないかな」

「この餅菓子ですか？」

「いや、このあたりで、新しくできた菓子屋とか、ちとさびれてきた菓子屋などはないか？」

「あ、そこの角を曲がったところに、半年ほど前に菓子屋ができたのですが、あまり流行ってなくて、そろそろつぶれるんじゃないかと噂してました」

「その菓子屋が、起死回生のため、新しく餅菓子を売ることにした。なかに何か入れたが、外からはわからない。売り出したいが、客が来なくては、どうしようもない」

「たしかに」

「そこで菓子屋は富士乃湯の倅に相談した。客は、ここであの引札を見る。ここではなんだかわからなくても、店の前に行くと、同じ引札がある。おや？　と思って見れば、そこに中身がわからぬ餅菓子がある。どうだ、食ってみたいと思わぬか？」

「それは食ってみたいですね。青井さま、そのご推察が当たりかどうか、確かめて来ますよ」

丈次は勢いよく階段を駆け下りて行った。

まもなくである。

「いやあ、畏(おそ)れ入りました」

と、丈次がもどって来た。

「当たっておったか？」

「ずばりです。しかも、早くもあの引札の効果が出てましてね、湯屋で見たのはこれのことかと、いい調子で売れているそうです。あっしもつい、買ってしまいました」

と、丈次はその餅菓子を見せた。

「どれどれ」

吉宗はぱくりとかぶりつき、

「ほう。これは胡桃じゃ。胡桃を叩いてあんにしたのだな。いい風味じゃ」

と、感心した。

「ほんとですね。これは売れますよ」

丈次だけでなく、三太や、安藤までもが、褒めそやした。

「それにしても巧みな引札ではないか。ここのおやじは倅のことを嘆くような調子だったが、なかなか智恵のある若者かもしれぬぞ」

吉宗は、まだ会ったことのない湯屋の跡継ぎに感心したのだった。

と、そのとき――。

待ちかねた稲生がようやくやって来た。

「どうであった?」

稲生は吉宗の耳に口を寄せて言った。

「このわたしが、伊奈とともに直接、天一坊を問い質すことにいたしました」

第三章　郡代屋敷へ

一

「山内。あの二代目村井長庵を名乗った男は、妙な人物だったな」

天一坊が言った。

「なぜ、また、急に？」

弟子の山内伊賀亮が訊いた。

「いや、ふと思い出した。ひどく屈折しているように見えたので、気になってはいたのだが」

「われらの仲間になると思いますぞ」

山内は確信があるらしい。

村井長庵は数日前、ふいにこの南品川の宿坊を訪ねて来たのだが、山内は「近いうちに連絡する」と言って、帰らせたのだった。

「さて、今日からはどのあたりに行ってみようか」

天一坊の湯屋めぐりである。

昨日で芝白金台の湯屋の客は、一通り治療し終えた。今日からは、いままであまり足を向けていなかったところに行ってみるつもりである。

「それは天一坊さまのご随意に」

と、山内は答えた。

「江戸の中心に行ってみようか？」

「と、いうと？」

「日本橋の周辺だよ。あのあたりにも湯屋はあるだろう？」

「もちろん、ありますとも。なあ、銀内？」

山内は揉み治療の上野銀内に訊いた。

「ええ。日本橋からお濠のほうに行った一石橋のたもとにも一軒ありましたな。確か富士乃湯といったはずです」

「富士乃湯か。よくありそうで、意外に初めての屋号ではないかな。よし、そこにしよう」

天一坊は、出かける仕度を始めた。

そのようすを見ながら銀内が、

「山内さま。ちょっと」

と、目配せをした。内密の話があるらしい。

「どうした?」

「じつは、上さまのようすが、ちょっとおかしいのです」

「どんなふうに?」

「このところ、身体の凝りがいっきにほぐれてきたのです」

「なんだと?」

「昨日あたりは、あれほどパンパンに凝り固まっていた肩に、すんなり指が通ったのでございます」

「そなたの揉み治療が効き過ぎたのだろうが」

山内は眉をひそめて言った。

「そんなことはありません。もしかして、熱海（あたみ）の湯が届きだしたのかもしれませぬな」

銀内が言った。

「どうかな……」

山内ははっきり否定はしないが、それはあり得ない。熱海の湯戸（ゆこ）の者たちは再三にわたって肥（こえ）を入れられ、落胆（らくたん）し、いまでも江戸にお汲湯（くみゆ）を届けるのを自粛（じしゅく）しているからだ。

だが、山内がひそかに肥を入れさせていたとは、銀内は知らない。

「あるいは、内密にどこかの温泉に出かけているのかも？」

銀内はそうも言った。

「どこかの温泉？」

「ほんとに、江戸にはひそかに湧いている温泉はないのでしょうか？」

「それはどうかな……」

江戸にも湯の道が来ているとは、天一坊も言っていた。だが、じっさい湧いているところがあるとは山内も聞いたことはない。

「あれほど凝りがやわらいだのは、よほど身体に合う湯が見つかったとしか考えられません」

「ううむ」

そんなことは、茶坊主頭の児島曹純も言っていなかった。もっとも、茶坊主は城の表や中奥でのことは直接見ているが、そこ以外になると、まったくわからないのだ。

じつは、山内にはこの先の計画がある。

吉宗に天一坊が実子かもしれないと予感させておいてから、江戸の湯屋あたりで非公式の対面をさせたいのだ。

その、湯屋に誘い出すことは銀内にやってもらいたいし、それまでは吉宗の全身の凝りもひどいままでいてもらいたい。

もしやわが子か、という予感のなかで、天一坊は独特の揉み治療で父の凝りをほぐし、吉宗は身体の凝りだけでなく、疑惑のいっさいも解消できてしまうのである。

そうなれば、裁きなど受けることなく、天一坊は晴れて、将軍の子という立場を得ることになるだろう。そして自分がそばにいれば、九代将軍への道だって見えてくる。その計画は、もはや目前まで来ているはずだった。それがいま、吉宗の凝りが解消してしまうなど、あってはならないのである。

「まずいのう」

山内は唸(うな)った。

「まずいですか？」

銀内が不安そうに訊いた。

「そなたの腕で、凝りが悪化するようにはできぬのか？」

「凝りをほぐすのではなく、悪化させる……？」

「そうだ。でないと、そなたも早々にお払い箱になってしまうではないか」

山内は脅(おど)した。

「もしかしたら、ツボでないところを押したりすれば、凝りは悪化するかもしれませぬ」

「そうだ。それがよい。ぜひ、試してくれ」

「わかりました」

銀内は、なんとなく釈然としないまま、それを試みることを引き受けた。

向こうの部屋では、天一坊の仕度も整い、三人の若い弟子を連れて出て行こうとしていた。

そのとき、玄関口で声がした。

「こちらに天一坊と申す方はおられるか？」

出ようとした天一坊を手で制して、山内が玄関先に行き、

「どなたかな？」

と、訊いた。

「天一坊どのか？」

「いや。わたしは天一坊さまに仕える山内伊賀亮と申す者。ご用件をうけたまわる」

「巷で囁かれておる噂について、天一坊どのに問い質したきことがある。ついては、関八州を管轄する郡代の伊奈半左衛門の屋敷まで、来てもらいたい」

身なりのいい武士である。町奉行所あたりの同心とは比較のしようがない。

「なにゆえに？」

「だから、巷で囁かれる噂について訊きたいと、申しておるではないか。いるのじゃな？」

「おられますが……」

山内は、玄関からは見えないところにいる天一坊を見た。

天一坊は、怯えたようすも、気負ったようすもなく、ごく自然な態度でうなずき、

「いいでしょう。逃げも隠れもしない。伺いましょう。場所はいずこかな？」

玄関口にいる武士にも聞こえるくらいの声で、悠然と言った。

「いまから案内いたす」

と、武士は駕籠を指差した。

二

駕籠の周囲には担ぎ手のほかにも大勢の武士がいた。そのずっと後ろのほうには、山内伊賀亮がひそかに「ハナクロ」と呼んで馬鹿にしていた岡っ引きも、小

さくなって従っていた。

「行きましょう」

天一坊が駕籠に乗り込むと、

「お供します」

と、山内伊賀亮とそこにいた三人の弟子も同行することになった。

駕籠は罪人が乗るようなものではない。

といって華美でもなく、上級役人が乗るような目立たない造りだった。これは、いちおうの礼に則っているというべきか。

山内は内心、ほくそ笑んだ。

駕籠は東海道を北上し、日本橋を過ぎ、さらに進んでから、本石町の角を右に曲がった。小伝馬町の牢屋敷のわきを通ったのは、単なる道筋だからか、あるいは脅しの意味もあったのか。

郡代屋敷は、浅草橋御門の手前だった。

江戸育ちである山内は、もちろんこの郡代屋敷の存在は知っていた。

関八州の幕府直轄領の揉めごとがこじれると、ここへ訴訟として持ち込まれる。それで出頭してくる地方の人たちのために、馬喰町の通りにいわゆる公事宿がずらりと並んでいる。

　こうした宿を横目にみながら、駕籠はついに郡代屋敷へと入った。

　駕籠から出た天一坊に、山内はそっとうなずいた。

「うむ」

　天一坊も静かにうなずき返した。

　こうなることはわかっていた。

　そのための打ち合わせもしてある。

　天一坊には、正直に語ってもらって構わない。ただひとつ、ある人の名前を変えてもらいたいと頼んだ。

　それくらいなら、天一坊も良心の呵責などはないはずである。

「あとはすべて、この山内におまかせあれ」

　そう言ってある。

　通されたのは、庭先などではない。二十畳ほどの大広間。天一坊だけが座布団に座り、山内たちはその後ろにかしこまった。

しばらくして、正面に二人の男が現われた。ひどく緊張しているのが、山内にもはっきりと見て取れた。

「わざわざ来ていただき、かたじけない」

と、なにやら自慢げな顔をした男が言った。

「いえ」

天一坊はにこやかに首を左右に振った。

「わたしは、関東郡代を務める伊奈半左衛門だ。また、こちらの方は、勘定奉行をなさっておられる稲生下野守さま」

稲生が「ケチ」という綽名があることは、山内は茶坊主頭の児島曹純から聞いていた。なるほど、いかにもしみったれた顔の男が、天一坊をじいっと見ながらうなずいた。

「断わっておくが、これは裁きではない。単に、巷の噂について、その当人である天一坊どのから、直接、話を聞きたいと思った次第」

伊奈半左衛門の声は、緊張のあまり震えていた。それもそうだろう、ことと次第によっては、関東郡代の地位など吹っ飛んでしまうほどの大問題になりかねない。

　無礼があってはならないし、かといって幕府の威厳は示さなければならない。真実は明らかにすべきだが、やたらと大っぴらにもできない。処理の難しさを思えば、緊張するのも当然だった。

「どんな噂でしょう？」

　天一坊は平然と訊いた。

「知りませんか？」

「わたしについての噂でしょうか？」

「いかにも」

「そうしたものは、当人には伝わらなかったりするのではないでしょうか？」

「なるほど、そうかもしれぬ。だが、いまや江戸の方々で囁かれている噂であるぞ」

「お聞かせいただきたい」

「天一坊どのから言ってもらいたいのだが」

「ですから、わたしは知らないのです」

「ううっ」

天一坊の口から、それを言わせたいのだ。

だが、天一坊は黙ったままである。

伊奈と稲生は顔を見合わせ、

「では、こちらから言いましょう。天一坊どのは、将軍吉宗公の隠し子ではないかという噂が、江戸の方々で囁かれているが、これはどうしたことなのか？」

伊奈の声は上ずった。

「わたしが将軍さまの隠し子という噂……？」

天一坊はかすかに眉をひそめた。

それから、しばらく放心したような表情になり、

「その根拠は？」

と、訊いた。

「それこそ、こちらが聞きたいことなのだ」

関東郡代の伊奈半左衛門は、前のめりの姿勢になって言った。

「江戸の人々は、なにゆえにそうした噂を？」

天一坊はさらに訊いた。

「自身でそのような話をしたことは？」

「ございません。そんな話は、ひとことも申しておりません。ですから、なにゆえにそんな話が出たのかは、わたしにもわかりません。ぜひ、伊奈さまからお教えいただきたい」

天一坊がそう言うと、後ろで山内伊賀亮も深くうなずいた。

「わたしから？」

伊奈はたじろいだ。

「そのような重大な噂があることを、わたしを呼び出してお伝えになったからには、伊奈さまはその噂のわけや出どころなどについて、詳しくお調べになったのでしょう？」

「ううっ」

伊奈はまたもや言葉に詰まった。

それから、わきにいる稲生下野守を見た。

稲生は、それはそうだというように、何度もうなずいているではないか。

伊奈は息を止め、天井(てんじょう)を睨(にら)み、

「ううむ」

と、唸った。顔は見る見るうちに真っ赤になっていった。

三

そのとき、

「殿さま。お客さま方に、お茶をお持ちいたしましたが」

と、女中が現われた。

「うむ。差し上げてくれ」

伊奈はホッとしたように言った。

天一坊ばかりか、山内や三人の弟子にも茶と菓子が配られた。もちろん、伊奈と稲生にもである。

「茶は京都の宇治(うじ)から、茶菓子の饅頭(まんじゅう)は家康(いえやす)公も好んだという伝馬町(てんまちょう)の塩瀬(しおせ)の本饅頭でござる。これは、抹茶(まっちゃ)ともよく合いましてな。さ、さ、どうぞ、味わっ

てくだされ」

伊奈がいかにも自慢げに言った。

部屋にいる者は皆、神妙な顔で抹茶と饅頭をいただいたが、天一坊はさっさと茶碗を置き、

「いまは茶や饅頭の味どころではないかと存じます。なにゆえにわたしが将軍さまの隠し子などという噂が出たのか、早くお教えいただきたい」

と、伊奈を強い目で見て言った。

「そ、それはじゃな、わしもそうした噂が耳に入るたび、どこの誰がなぜ、そんなことを言い出したのかを確かめようとした。ところが、これもはっきりしない話でな」

「関東郡代は、そうしたはっきりしない話をいちいちお取り上げなさるのですか？」

「いや、それは……」

「不届きな嘘を吹聴（ふいちょう）するのは、罪にならないのですか？」

「しかし、嘘かどうかは……」

「わからないと?」

天一坊は訊いた。

「それはなんとも……」

伊奈は冷や汗をかいた。

すると、伊奈の隣で、

「たしかに不思議な話だ……」

と、稲生がぽつりとつぶやいた。

「稲生どの、不思議ですか?」

伊奈は小声で訊いた。

「不思議ではないか。皆、根拠に乏しい噂話をしていたのに、その噂を聞いた者は、誰もが心のなかで納得してしまっている。なぜなのだろう?」

「確かにそうですな」

稲生は顔を天一坊に向け、

「おそらく、江戸の者が天一坊どのは将軍さまの隠し子などと噂したのは、天一坊どのからにじみ出る威厳というか気品(きひん)というか、そうしたものを感じ取ったというのが一つあるでしょうな」

と、言った。

「それについては、わたしにはなんとも申しあげようがございません」

「もちろんだ。もう一つ、天一坊どのは紀州出身というのも噂の根拠になっていたかと思われる。それは事実なのか？」

「紀州出身かというなら事実です」

「紀州のどのあたりなのか？」

「紀州では知られた温泉のある龍神村というところで生まれましたが」

「母上の名は？」

稲生はかすれた声で訊いた。

「わたしの母の名は小春と申しました。だが、単にはるとだけ名乗ることもあったようです」

「はる……」

稲生は胸が高鳴った。

四

吉宗が若い時分に龍神温泉で出会い、思いをかけた二人の娘たち。その一人ははるだった。

「母上は存命か？」

「いいえ、父も母も亡くなりました」

天一坊はそっとうつむいた。哀(かな)しみがこみ上げてきたらしく、稲生もその件については、いまはこれ以上訊ねる気にはなれなかった。

「天一坊どのはいくつになるのか？」

稲生はさらに訊いた。

「二十七でございます」

「二十七……」

歳も吉宗の話に合致するのだ。

稲生は伊奈とうなずき交わしてから、

「江戸にはその龍神村からまっすぐここへ？」

と、訊いた。

「いいえ。方々、歩き回りました。九州から奥州まで」

「なんのために、そんなに旅を？」

「温泉です。日本中には驚くほどさまざまな温泉があるのですよ。それら温泉が持つ素晴らしい力を、医療のために使いたかったのです」

「温泉の力？」

「そうです。温泉こそ、この国の宝であり、神がなせる奇蹟であり、それをうまく用いさせていただくことで、多くの病を治し、人々に安らぎをもたらすことができるのです。わたしは湯の神を崇拝しています。そこで、ぜひ江戸にも湯の神大社を建立していただけたらと思っているのです」

「湯の神大社？」

「それこそがわたしのいちばんの望みでございます」

天一坊はそう言って、稲生と伊奈を交互にじいっと見つめた。その瞳は赤子のように澄んでいて、立身出世の野望とか、金銀財宝への執着などという典型的な欲望はもとより、もっと油っこいものを食いたいとか、同じ労力でも他人より稼ぎたいとか、若い娘を暗がりに連れて行きたいとか、あんたは才能があると褒められたいとか、馬鹿には馬鹿と言ってやりたいとか、日常に溢れる卑俗な欲求ですら、まるで窺うことはできなかった。

「確かに、天一坊どのの治療は評判がよい。なまじっかな医者より、はるかに病が治ると、そういう話もたくさん入っておる」

と、稲生は言った。それは、町奉行所のほうからも聞いていることである。もし、上さまの隠し子うんぬんがなかったら、天一坊のことをとがめだてしようとは、誰も思わなかっただろう。

「医者よりも、と言えるかどうかはわかりませんが、間違いなくわたしの治療には効果があると、それは自信を持っております。これをもっと広めていきたいのです」

「その一途な気持ちこそ、噂のもう一つの根拠になっているのだろう」

「どういう意味ですか?」

と、天一坊は訊いた。

「つまり、そうした方にこそ幕府の中枢にいて欲しいという民の望みが、将軍さまの隠し子という噂をつくり上げたのかもしれぬ。民は望んでいるのであろう」

稲生はそう言った。幕閣の一人としては、かなり大胆で、踏み込んだ発言である。しかも、それは自分たちの否定にもつながりかねないのだ。

「それも、わたしにはなんとも……」

天一坊は、言葉を濁した。

「それで、天一坊どのに直接、訊きたい。この噂の真偽は？」

稲生はついに訊いた。

「……」

「どうなのだ？」

「わたしからは言いたくありません」

天一坊は稲生の目を見返して言った。

「なにゆえに？」

「事実がもしもあなた方にとって不都合なものであれば、真偽にかかわらず、それは虚偽(きょぎ)とされることでしょう」

「……」

「おそらくあなた方も、噂の真偽についてお調べになっておられるのでしょう?」

「そのとおり、配下の者が、紀州の龍神温泉界隈(かいわい)を探っておる。いずれ、その報告がもたらされるだろう」

「では、なにもわたしなどに訊ねる必要はなかったのではございませんか?」

「もしかしたら天一坊どのは、母上から、なにか聞いているのでは?」

「……」

天一坊は答えない。

「いいだろう。紀州からの報告があり次第、もしかしたらまた、なにか訊ねることがあるかもしれぬ」

「かしこまりました」

天一坊はうなずいた。

これで会見は終わりかと思えたとき、控えていた山内伊賀亮が、

「ひとつだけお訊きしてもよろしいですか？」

と、口を開いた。

「なにかな？」

稲生が受けた。

「上さまには、こうした巷の噂は届いているのでしょうか？」

「噂はご存じである」

と、稲生はうなずいた。

「天一坊さまのことも？」

「だいたいはな。それに、今日のやりとりについては、詳しくご報告することになるだろう」

「わかりました。いま、天一坊さまが申し上げたように、われらにはなにも疚しいことはございませぬ。したがって、いままでどおりの暮らしをつづけてもよろしいのですな？」

「かまわぬ」

稲生が約束し、これで会見は終わった。

また駕籠を出すというのを、天一坊は断わり、歩いて帰ることにした。途中、富士乃湯という湯屋にも立ち寄るつもりだった。

歩き出してすぐ、山内は、

「お見事でした」

と、言った。

「そうか。だが、向こうもずいぶん遠慮がちであったな」

「天一坊さまの威厳に打たれたのですよ」

天一坊たちの足取りは、悠然（ゆうぜん）たるものだった。

一方――。

玄関で天一坊を見送り、先ほどの部屋にもどった稲生は、畳にべたりと座り込み、誰が残したかわからない饅頭を摑（つか）んでむしゃむしゃと食べた。なんだか蟻（あり）にでもなったみたいに、やたらと甘いものが欲しかった。

「疲れたな、伊奈どの」

伊奈もまた、三枚ほど座布団を集めると、それに抱きつくみたいにうつ伏せになって、

「じつに疲れましたな」

と、言った。

「なんだろうな、この疲れは？」

「なんか、こう、わたしは迫力に押された感じがしましたのですが」

「伊奈どのもか？」

「ひれ伏したくなるのを我慢しつづけたせいで、疲れた気がします」

「いっしょだ、わしも」

「ということは？」

稲生と伊奈は見つめ合い、そして言った。

「あの方はまさしく……」

「上さまの隠し子……」

第四章　湯屋の効き目

一

吉宗はその日のうちに稲生正武の報告を聞いた。

稲生は成仏したての木乃伊のように厳粛な顔をして、

「わたしの見たところでは、天一坊と申す者は、おそらく上さまの御子さまではないかと」

と、告げた。

わきに控えていた水野忠之と安藤信友は、驚いて顔を見合わせた。

「符合する事実があったのか？」

と、吉宗は訊いた。

「龍神村の生まれであることや、母親の名前も一致いたしましたが、なによりもあの自然とにじみ出る威厳。あれこそが、なににもまさる証拠ではないでしょうか」

「威厳とな」

「上さまにも備わっておられるように」

「だとしたら当てにならぬな」

吉宗は苦笑した。

「なぜでございます?」

「わしは最近でこそ、そうした世辞はよく言われるが、若いときには威厳があるなどと言われたことがない」

「そんなことはございますまい」

「いや、本当だ。むしろ、軽々しくて、ちょこまか動き過ぎると言われた。じっさい、そうだったし、二十歳過ぎても治らなかった」

「そうなので?」

「天一坊とやらは幾つだ?」

「二十七と申しておりました」

「二十七で威厳などあるはずがない。少なくともわしは、威厳などなかった」

「それは……」

「それに、わしはいま、名や身分を偽って富士乃湯に行っているが、町火消の丈次や日本橋芸者の桃子姐さんなどは気軽に話しかけてくるであろう。威厳などあったら、あんなふうに話しかけてくるものか」

「それは、あの者たちが愚かだからでは?」

稲生がそう言うと、吉宗は気色ばんで、

「あの者たちのどこが愚かだというのだ。皆、けなげに、一所懸命生きているではないか。それこそ、賢い証拠ではないか」

と、強い口調で言った。

「失言でございました」

「そなたたちは、わしが将軍職にあるから威厳らしきものを感じているので、わし自身にそんなものはない」

「ははっ」

あまりにも決然と否定されて、稲生はなにも言えなかった。

「だから、天一坊に本当に威厳があるなら、それはわしには似ておらぬということだ」

「なんと」

「とりあえず、龍神温泉に向かった湯煙り権蔵（ごんぞう）たちの報告を待つ。それで、事実かもしれないというのだったら、今度はわしが会おうではないか」

「承知いたしました」

と、稲生は頭を下げたまま後ずさった。

「ところで、今日あたりはどうなのだ？」

吉宗の話の向きが変わった。少し、はにかんでもいる。

「どうなのかとおっしゃいますと……」

そう言った安藤は、すでにぴんときている。吉宗は富士乃湯に行きたがっているのだ。

「とぼけるでない、安藤」

「は。富士乃湯でございますな。生憎（あいにく）と今日は、来客の予定がございます。あとで上野銀内も参りますので、湯屋の分は揉ませるとよろしいかと」

今日は行けないとわかると、吉宗はいったん落胆したらしいが、気を取り直したらしく、

「わしはたいして凝ってなどおらぬぞ」

と、言った。

「ええっ？」

「今日などは、肩も腰もすっきりしたものだ。ほれ、触ってみるがいい」

吉宗は、枕でも入れているのではないかと思えるくらい大きな肩を突き出した。

「では、遠慮なく」

安藤は傍らに行き、肩に触れると、

「ややっ。本当ですな。あれほどカチカチだったのが、いまは指がすんなり入りますな」

これには、水野も稲生も、

「ほぉーっ」

と、感心した。

「富士乃湯が効いたのだ。わしには巷の湯がいちばん効くのかもしれぬ」

「そうかもしれませぬ」

安藤も認めざるを得ない。

「そうじゃ。このあいだ、富士乃湯で、あの桃子姐さんと申すおなごに、お座敷に誘われたな」

「はい」

安藤は一瞬、顔をしかめるようにした。てっきりそのことは忘れていると思っていたのだ。

「誘われたら、行かないとまずいだろう？」

「そんなことはございません。あの者たちは、そういうことを誰彼かまわず言うのでございます」

「そうかのう。けっこう、本気で誘ってくれたように思えたがな」

吉宗は嬉しそうに言った。

「本気の誘い……」

安藤もじつはそう思った。あの芸者、もしかしたら上さまに惚れたのだろうか。

「お座敷遊びというのは面白いのか？」

吉宗は身を乗り出して訊いた。

「どうなのでしょう、水野さま？」

安藤はしらばくれて水野を見た。

「ど、どうなのでしょうか。それは、面白いときもあれば、つまらぬときも……」

水野の要領を得ない返事に、稲生がわきから、

「あんなものは、金の無駄使いでございます」

と、大声で言った。

二

稲生の意外なほどの断言に、吉宗はいささかムッとしたように、

「ほう。無駄使いと言うか？」

と、訊いた。

「はい。上さま、富士乃湯の代金は、たった六文（約百二十円）ですぞ」

「そうじゃな」

「それで、あんなにゆったりでき、身体も気分もさっぱりするのです」

「まったくだ」

「ところが、上さまとわれら三人でお座敷に上がり、芸者を呼んだといたします」

「うむ。いかほどになる？」

吉宗は興味津々である。

「芸者を呼んで、茶でも飲みながら世間話をするわけではございません。酒が出る、料理が出る。食いたくもない菓子まで出される。料理屋の格にもよりますが、一流どころですと、まあ、一人一分（約二万円）は下らないでしょう」

「一分か。そうだろうな」

「それに芸者の料金、これは花代と申しますが、桃子姐さんのような売れっ妓で、しかも一人だけというわけにはまいりませんから、三人くらい呼んだとして、四分（約八万円）」

「芸者を呼ぶにはそれほど取られるか？」

「そのかわり、粋な三味線に唄などを聴かせてくれたり、踊ったりはしてくれますぞ」

「なるほど」

「ほかにも、調理場への謝礼だの、土産代だの、帰りの駕籠代だので……」

「駕籠は城から出すだろうよ」

「そうでございますが、それでもなんだかんだで、二両と二分（約二十万円）くらいはかかるでしょう。かたや富士乃湯は、四人で二十四文。これを無駄と申さずして、なにを無駄と申しましょう」

稲生は膝を叩きながら力説した。

それは金子を惜しむというより、金子そのものに親の仇に向けるような憎しみでも抱いているのかと思える調子だった。

吉宗は、ケチの稲生の計算ぶりにいささかたじろいだが、

「だが、そこまで知っているということは、稲生もお座敷遊びはしたのではないか？」

と、訊いた。自分はちゃっかり体験しておいて、わしには駄目というのは、理屈が通らないだろうと言いたげである。

「それはまあ、幕閣やお大名のなかには、芸者がいないと口も利きたくないという方がおられますから」

「ならば、わしも一回くらいは」

「ところが、上さまが行かれるとなると、警護やらなにやらで、結局、店を貸し切りにせざるを得なくなり、まあ、ざっと十倍から二十倍は……」

「稲生はなんとしてもわしに、芸者と遊ばせたくないわけか」

吉宗はいささか憤然とした面持ちで言った。

「どうしても芸者と遊びたいとおおせなら、お城に芸者をお呼びになるのはいかがでしょう。それなら、通常の花代だけで……」

「こんな、凶暴そうな虎の絵だらけの城のなかで、芸者と遊んだって面白くもなんともないだろうが」

吉宗は顔をしかめて言った。

「たしかに」

「もう、よい。芸者遊びはわしの見果てぬ夢だということにいたす」

「いや、そこまで上さまがご興味がおありでしたら、算盤(そろばん)を弾(はじ)き直してはみますが……」

さすがに稲生も、気まずそうな顔をした。

それから吉宗は、昼食を挟んで四組の客の相手をし、夕方になった。

「いささか、疲れたのう」

と吉宗は言ったが、不思議なことに肩や腰の凝りはさほどでもない。

と、そこへ——。

揉み治療の上野銀内が、茶坊主に手を引かれてやって来た。

「おう、銀内か」

「上さまにおかれましては、今日もお忙しくあらせられたご様子で」

「うむ。忙しいことは忙しかった」

「さぞかしお肩も凝られたことでしょう」

と、銀内は吉宗の肩に手をかけたが、

「え？」

信じられないような顔をした。

「ふっふっふ。凝ってはおるまい」

と、吉宗は言った。

「はい。どうしたわけでございましょう？」

このところ、凝りがずいぶん和らいでいたが、今日はもう、常人と変わらないほどである。それどころか、若者のような弾力まである。

「そなたの揉み治療が効いたのだろうが」

「いや、それは……」

もちろん腕に自信はある。だが、ここまでよくなるような治療はしてこなかったはずである。

「肩も上がる。振り回しても痛くないぞ」

吉宗は音を銀内に聞かせるつもりか、凄い勢いで振り回してみせた。

「なんと、まあ」

「そろそろそなたの助けを借りずともよいかもしれぬな。わしも忙しいので、そうそう揉み治療に時を割くわけにはいかぬのじゃ」

「はあ……」

山内伊賀亮が恐れていた事態になったらしい。もしも馘になったと言ったら、どんなことになるか。「やはりお前の目は節穴だ」と、火箸どころか割箸で両目を突かれるかもしれない。あるいは、「笛と杖の替わりにこれでも持って歩け」と、指と足を切って渡されるかもしれない。とにかくあの男は、なにをしでかすかわからないような悪党に違いないのだ。

「今日が最後と思って、しっかりやってくれ」

吉宗はそう言って横になった。

「では、一所懸命、務めさせていただきます」

銀内は、いつものように足から揉んでいく。

「それにしても、この柔らかさは、わたしの揉み治療の効果だけでなく、なにか上さまの身体に合った湯と出会われたような気がするのですが」

銀内は揉みながら言った。

いつもは無駄口を叩くなと叱られるが、今日が最後だからか、見張り役もなにも言わない。

「よくわかるな」

「やはり、そうでございましたか」

「内緒だが、秘密の湯に入っておる」

「そうでございましたか」

どこかと訊いても、教えてくれるわけがない。

半刻(一時間)に及ぶ揉み治療が終わった。

「いかがでございますか?」

「うむ。揉み疲れかな。さっきより身体が重くなった気がするが……」

それはそうで、銀内は凝りがひどくなる揉み方を施したのだ。また呼び出されることを期待した。自分にはそれしか生きる道はないような気がする。

「だが、秘密の湯に入れば治るだろう。銀内、ながいあいだ、ご苦労であった」

吉宗は銀内をねぎらった。

三

「兄貴。風が涼しくなったと思わないかい？」

歩きながら、三太が丈次に訊いた。

「おめえ、いまごろわかったのか？　おれは三日くらい前から、暑さがやわらいだのを感じてたぜ」

「またまた、そういうことを言って、あっしがまるで、季節の移り変わりもわからねえ鈍感野郎みたいじゃねえですか」

「あっはっは。そこまでは言わないよ。でも、たしかに秋の到来を感じさせるよな」

「ええ。夏の疲れも取れていきますよ」

そう言って角を曲がったところで、

「よっ、桃子姐さんとばったりだ」

「おや、三太さんに丈次さんも」

三人とも、いまから町内の富士乃湯へと向かう途中だった。

桃子姐さんの浴衣地も、芒にトンボという柄で、一足早い秋を感じさせる。

「ここで三人が出会うと、今日あたりは、青井さまとも会いそうな気がしてきましたね」

三太が言った。

「ああ、青井さま。あの方、いい男よねえ」

桃子姐さんは、力を込めて言った。

「いい男？　顔が？」

「馬鹿ね。そんなわけないでしょ」

「だよな。顔なら、兄貴のほうがずっといい」

「そりゃあ、丈次さんはいい男だけどさ……」

桃子姐さんは、ちょっと言い淀んだ。

「あれ？　なんだい？」

「青井さまって、頼りになる感じがするのよね。安心感があるというか」

「それって、おれが頼りにならねえってこと？」

丈次が自分を指差して訊いた。

「そこまでは言わないけど、青井さまと比べてしまったら、そりゃあね」

「そう思うのは金持ちだからじゃないのかい？」

「あら、青井さまってお金持ちなの？」

桃子姐さんは驚いたように訊いた。

「どうなのかなあ。ご当人は、貧乏旗本だと言ってた気がしたけど」

「そういや、着ているものも、あっしらと変わらない木綿の着物だったような」

三太がそう言うと、桃子姐さんは、

「ほらね。だいたい、あたしはお金持ちだから、頼りに思うわけじゃないもの。お金持ちならお座敷でうんざりするほど会ってるしさ」

と、さもお俠めかして言った。

「金持ちでも、お客には青井さまみたいに頼りになりそうな人はいないわけ？」

三太が桃子姐さんに訊いた。

「いないわね」

「妬けるなあ。ねえ、兄貴」

「なんだよ。おれに振るなよ」

丈次は妬いてなんかいないと言うように、肩をそびやかした。

「あっしは、男として、ああ、そうですかとは聞いていられないっすよ。青井さまめ、憧れのいい女の気持ちを奪いやがって」

三太は妬心を隠さずに言った。

「ふっふっふ。あなたたちも頼りがいのある男になれるよう、頑張って」

「はいはい」

丈次もつい、うなずいてしまった。

ちょうど富士乃湯についた。

のれんを分け、湯銭を置いた途端、

「あれ、今日はやけに混んでるな」

と、丈次たちは目を瞠った。

いつもいまごろになると、客はほとんどいない。湯舟にもゆっくり足を伸ばして入れるのだが、今日は男女合わせて三十人前後はいそうである。

「どうしたんだい、おやっさん？」

三太が番台のあるじに訊いた。

「へっへっへ。今日はうちの湯に、ちょいと有名な方がいらっしゃると、先ほど報せがあったのさ。そのことを言ったら、あの人たちは帰らないいんだよ。一目でもいいから会いたいと」

「まさか歌舞伎役者じゃないだろうね。もしも松本幸四郎だったら、あたしゃ、のぼせちまうよ」

番台の向こうで、桃子姐さんが言った。

「歌舞伎役者が町の湯屋になんか来るもんか。でえいち、あんなのに入られたら、湯が白粉臭くなっちまう。それより、相撲取りなんじゃないのかい？　あの人たちが二人いっしょに入ろうものなら、湯舟の湯がぜんぶ抜けちまうぜ」

と、三太は言った。

「お生憎だね。歌舞伎役者でも相撲取りでもないんだ。ま、そろそろ来るから楽しみにしてな」

あるじは言おうとしない。

「へっ、こちとら、いろはのい組の纏持ちの丈次さんと、その一の子分の三太さんだ。誰が来たって驚かねえや」

三太が粋がって啖呵を切った。

丈次と三太は、客をかき分けるように湯舟まで行って、客が多かったせいでいつもよりぬるくなった湯にざぶりと浸かった。湯舟のほうは、皆、浸かりすぎたのか、誰もいなかった。

まもなく桃子姐さんも湯舟に来た。

「こんなに混んでるんじゃ、青井さまが来ても、引き返しちまうかもな」

三太がそう言った。

「ねえ、青井さまって言葉に訛りがない？」

ふいに思い出したらしく桃子姐さんが訊いた。

「うん、ある。あっしもそれはわかったよ」

「どこの訛りかしら？」

「もしかしたら、紀州かも」

と、丈次が言った。

「兄貴と同じじゃないですか」

「うん。なんとなく似てるような気がしたのさ」

「ふーん」

「でも、お旗本ってのは、皆、江戸の人なんじゃないの、三太さん？」

と、桃子姐さんが言った。

「そう。将軍さまの直々のご家来衆だからね」

「それなのに、紀州訛りって変でしょうよ」

「ま、そうだけど」

「そういえば」

と、桃子姐さんが首をかしげて、

「この前、お座敷に来たお旗本に、青井新之助さまの話をしたら、そんな名の旗本は聞いたことがないって言ってたのよね」

「でも、旗本八万騎って言うから、八万人もいるんだろう。わかるわけないよ」

三太は青井をかばうように言った。

「あたしもそう言ったの。そしたら、その人が言うには、旗本八万騎は語呂がいいからそう言うだけで、そんなにはいないんだって。旗本の当主はだいたい五千人くらいらしいわよ」

「それでも大変な数だろうが」

「でも、その人はお目付といって、お旗本を見張る職務なんだって。その人が知らないというのは、ちょっと変かも」

「いや、お武家さまはほら、いろいろ名前があるだろうよ。なんとかの守とか、あとは新之助忠信とか下につく名前とか」

「たしかに」

「そっちを言わないとわからないんだよ」

「そうか」

桃子姐さんもそれで納得したらしい。

「でも、桃子姐さんも訛りがあるよね？」

と、三太が言った。

「わかる？」

「そりゃあ、あっしは、ひいひい爺さんのそのまた前からの江戸っ子だもの。訛りってのはすぐわかっちまうよ」

「どこの訛りかもわかる？」

「それは難しいなあ。どこ？」

「当ててみて」

桃子姐さんは悪戯っぽく言った。

「秋田？」

「残念」

「京都？　いや、博多？　美人の産地だろうとは思うけどね」

「どこも違う」

「難しいなあ。兄貴はどこだと思います？」

「おれは知ってるよ」

丈次はニヤニヤして言った。

「え？　なんで？」

「そんなのはいいじゃねえか。なあ、桃子姐さん」

「そうよ」

「あ、ずるいよ。えっ、もしかして二人はもうできちゃってるわけ？　なんだよ、勘弁してくださいよ。たしかに、似合いのお二人だけど、あっしに隠してたなんて、それはないよ」

三太は大いにむくれた。

「なに勝手に妄想してるんだよ」

丈次が笑い、

「じつは、最近わかったんだけど、お互いに知っている人がいたわけ。その人から聞いただけなのよ」

と、桃子姐さんが種を明かした。

「なんだ、そうか。で、どこ？」

「三太さんはお伊勢参りに行ったことある？」

「ないんだよ。今度、兄貴が連れてってくれると言ってるんだけどね」

「だったら、知らないか。名古屋から、伊勢に向かうとちょっと手前にある松坂ってとこ。越後屋の三井家が出たところなのよ」

「へえ」

「知り合いってのも、その三井の番頭さんなの。番頭さんと言っても、三井あたりになるといっぱいいるんだけどね」

桃子姐さんがそう言ったとき、洗い場のほうが急に騒がしくなった。

「天一坊さまだ！」

という声もした。

「いま、天一坊って言わなかった？」

桃子姐さんが顔を輝かせた。

「ああ、言ったね。誰、天一坊って？」

と、丈次が訊いた。

「あら、知らないの？　いま、江戸中で噂の人物よ」

「おれはいま、梯子（はしご）乗りの新しい技の稽古（けいこ）で、町の噂に耳を傾けている暇なんかないんだよ」

丈次がそう言うと、

「あれだろ。将軍さまの隠し子ってやつ」

三太が言った。

「将軍さまの隠し子？」

丈次は目を瞠った。

「という噂だけど、ほんとかどうかは、あっしは知らないよ」

「ほんとかもよ。噂の人を拝まなくちゃ」

桃子姐さんは急いで湯舟を出て行った。

「どれ、おいらも」

と、三太も慌てて出て行こうとしたが、

「あれ？　兄貴は？」

「そんな話は嘘に決まってるだろうが」

丈次は嫌な顔をして、湯舟に浸かっていた。

当の天一坊はいま、洗い場の真ん中にいて、

「天一坊と申します。お身体の具合のよくない方がおられたら、どうぞ申し出てください。わたしがツボを押したり、筋を揉んだりして、治療させていただきますので」

と、挨拶した。

「お代はいいんですかい？」

客の一人が訊いた。

「医者ではありませんので、治療代はいただきません。ただ、後ほどさせていただく湯の神さまの話から、わずかでも寄進したいという方がいらっしゃったら、向こうに置いた箱に入れていただくだけでけっこうです」

「それは素晴らしい。じつは、去年、屋根から落ちて肩を痛めたんだけど、いつまで経っても治らねえんですよ」

五十くらいの男が申し出た。

「どれどれ。もう湯には浸かりましたね？」

「へえ、浸かりましたよ」

「ははあ、なるほど」

天一坊はすでに男の肩を揉み始めている。

そのようすをほかの大勢の後ろから、やはり気になったらしく丈次もまた、鋭い目で見つめているのだった。

第五章　湯煙り仙人

一

湯煙り権蔵とくノ一のあけびは、九州は豊後国の山道を走っていた。南国とはいえ、山はすでに秋の気配が濃い。木の葉も十歳の少女の恋心のように、うっすらと色づき始めている。

「ねえ、権蔵さん。別府に寄らないの？」

「そんな暇はない」

権蔵は足を緩めない。

「有名な別府だよ。あたしのおっかさんは、死ぬ前に一度でいいから別府の湯に入ってみたかったと、そう言って死んでしまったんだよ。その娘が別府の湯に入れば、供養にもなるじゃないの」

「お前の供養に付き合う義理はない」

権蔵はあけびを一瞥もせずに言った。

「なんで？　あたしたちはずうっと温泉地を巡っているのに、一度もゆっくり湯に浸かったことがないって、そういうのある？」

「龍神温泉に入っただろうが」

「死体がいっぱい浮かんでたでしょうが」

「しょうがないだろう。急いでいるんだから。早くもどらないと、とんでもないことになるぞ」

「早くもどっても、とんでもないことになるかもよ」

「黙ってついて来い！」

権蔵は駆けながら怒鳴った。

あけびもいささか疲れている。

凄い勢いで、紀州の山々を駆け巡り、小春と千秋の家にも行ったり来たりした。そのあいだ、かなりの人に、娘たちのことを訊ねた。いまや、話がごちゃごちゃになり、一度きちんと整理しないとわからなくなっているくらいだ。

しかも、挙句の果てには、ここ九州にまで足を延ばすことになった。

「なんで九州？」

そう訊ねると、権蔵の答えはただ一言。

「湯煙り仙人に会う」と。

なあに、湯煙り仙人て？

湯煙り権蔵も怪しいけど、仙人のほうはもっと怪しい。

仙人と忍者、どっちが怪しいとなったら、八対二くらいで、仙人のほうが怪しい気がする。

そもそも、仙人というのは人間なのかどうかも定かではない。ただの年寄りの妖怪なのかもしれないし、下っ端の神さまかもしれない。なんにせよ、あまり身分が高そうな感じはしない。

「やっぱり来なければよかった」

と、あけびは愚痴った。

「帰ってもいいぞ。上さまの命令を途中で投げ捨てて帰って、生きていられると思うのだったらな」

権蔵は脅した。

「もしも帰るときは、権蔵さんと戦って、遺体を土の下に隠してから帰るよ。もちろん戦うのは、湯のなかじゃないよ。ふつうの山道だよ」

あけびは走りながら言った。

権蔵はぎくりとし、

「そんな言い訳、通用すると思ってるのか？」

顔をぴくぴくひきつらせて訊いた。

「通用するよ。敵に襲われて殺されたって言えばいいだけだもの。湯のなか以外だったら、権蔵さんはどうしようもなく弱いということは、お庭番なら誰でも知ってるし」

「……」

権蔵は走りながら、あけびより少し遅れるようにした。ふいの攻撃に備えたつもりらしい。

「それは、あたしだって仕事で来ていることくらいは自覚してる。でも、たった一晩さえゆっくり温泉に浸かるのも駄目だとは、お頭からも言われてないからね」

「だから、おれは……」

権蔵は慌てて口をつぐんだ。

「だから、なに?」

あけびは聞き逃さない。

「いや、いい」

「よくないよ。だから、おれは、女といっしょに仕事するのは嫌なんだと言いたいんでしょ?」

「……」

「オッサンの常套句。必ず、それ言うんだよね」

「……」

「でも、その女がいなかったら、これまでの話だって聞けたと思う? 上さまの初恋は美しい、娘たちは二人とも清純そのものだ、そういう予断でいっぱいの頭でいて、ああいう話が入手できた?」

「そ、それは……」

「互いに補完し合ったんじゃないんですかっ?」

あけびの語気は強い。

「そういう面もあることはあるが……」

「権蔵さんは、何度も入ったことがある温泉ばかりだし、いまさら、とくに入りたくもないよね」

「いや、おれだって……」

「へえ、ゆっくり入りたいの?」

「わかった。次の温泉では、かならずお前をゆっくり湯に浸からせる」

「ほんとだね?」

「ほんとさ」

「なんていう温泉?」

「宝泉寺(ほうせんじ)温泉」

権蔵は誇らしげに言った。

「宝泉寺温泉? 知らない」

あけびは不満げに言った。

ここまで来て、別府の湯に入らないということが、どうしても納得いかないのである。

東の熱海、西の別府でしょうと言いたい。

「別府の湯も古いが、宝泉寺温泉も大昔からあってな、山の中の川沿いにある鄙びた温泉だ。わしのように温泉通になると、誰でも行く温泉よりそういう温泉のほうが、身も心も安らぐのさ」

権蔵は偉そうに言った。

だから、通というのは嫌なのである。人よりも高いところに立ちたいだけ。皆が行くところのなにが悪い。ぞろぞろ皆で連れ立って、「あんたはどこから来ましたか?」とか「そちらの名物はなんですか?」などと他愛もない話をすることのなにが悪い。それが善男善女というものでしょうと言いたい。

「それで、その宝泉寺温泉に湯煙り仙人がいらっしゃるわけね」

あけびは嫌味たっぷりに言った。

「ああ、わしの師匠だ。温泉にほかの生薬などを混ぜると、まるで違う効能が生まれることは、じつは湯煙り仙人から教わった」

「あ！　あたしが、湯のなかで動けなくなったりするのも、それなんだ」

「まあな」

「龍神温泉で山伏たちが来たとき、急に湯が濁りだしたのも？」

「そういうこと」

「へえ」

だとしたら、湯煙り仙人とやらも馬鹿にしたものではない。意外に学者肌の人なのか。

「しかも、湯煙り仙人は天一坊の師匠にも当たるはずなんだ」

「そうなの？」

これには驚いた。

天一坊とは、千秋が産んだ男の子なのだ。その子が山伏となり、各地で病める人や貧しい人たちに湯を使った治療を施し、尊敬と感謝の念を集めた。そしていま、江戸にいて、将軍吉宗の隠し子ではないかと噂されている。

龍神温泉界隈で杣の人たちに話を訊いて回り、そこらのことは、はっきりした。

天一坊の名は、熱海の湯前神社に寄進した石塔でも見た。湯の神を信仰しているのは確かだろう。だが、一方で、龍神温泉で襲ってきた山伏や、熱海の湯に肥を入れ、お汲湯として使えなくした連中とも関わっているのではないか。

ただの善人とも思えない。

「だったら、天一坊と権蔵さんは、兄弟弟子ってことになるんだね？」

と、あけびは訊いた。

「ま、そういうことになるわな。ただ、天一坊はわしのような忍びの技になるようなことより、もっぱら病の治療のほうを学んだのかもな」

「人柄の差だ」

「お前だって、いっしょだろうが」

確かにあたしも、人助けよりは必勝の忍技のほうへ進んだかもしれない――

と、あけびは思った。

二

尾根道から谷へ下り始めた。

川のせせらぎが聞こえてきた。

たぶん、権蔵には聞こえていない。案の定、しばらくしてから、

「お、川が近いな」

と、言った。

湯の気配はしてきたが、匂いはそれほどでもない。草津の湯のような温泉とは違うのだろう。

清流のそばに湯宿がいくつかあった。

雰囲気は龍神温泉と似ているが、あんな立派な宿はない。

権蔵は一軒の宿に近づき、入口近くにいた宿の者らしき人に、

「仙人はいるかい？」

と、訊いた。

「ああ、さっきまでいたがね。冬眠前の食いものを集めに行ったんじゃないか」

宿の者はそう言って、なかへ消えた。

「冬眠？　冬眠するんだ、仙人は？」

あけびは呆れて訊いた。

「ああ。昔はしなかったんだがな。この十数年前からするようになったんだ」

「熊？　仙人は熊？」

「熊の毛皮は着てるよ」

「仙人て歳は幾つなの？」

「幾つなんだろうな。おれが初めて会ったときは、百歳は超えてなかったと思うけど」

「初めて会ったのは？」

「四十年くらい前だったな」

「……」

会うのが怖くなってきた。身体の半分は、墓石だったりするのではないか。

そのとき、山の上からザザッ、ザザーッという音がして、巨大な猿が、木の枝を伝いながらこっちにやって来た。

「仙人さま！」

権蔵が嬉(うれ)しそうに叫んだ。

猿だと思ったのは、湯煙り仙人だった。

銀杏(いちょう)の巨木のてっぺんから、枝から枝をくるくる回転しながら降りて来て、権蔵たちの前に立った。

本当に熊の毛皮を着ていた。ほかにも、狐(きつね)の襟巻(えりまき)をして、猿の尻尾(しっぽ)を帯代わりにしていた。さぞかし山の獣(けもの)たちからは嫌われているに違いない。

「誰だ、おめえ？」

仙人は言った。

「権蔵です」

「権蔵？　権兵衛(ごんべえ)じゃないよな？　織田信長(おだのぶなが)の家来だったやつ？」

「いや、違います」

「応仁(おうにん)の乱には出てるか？」

いつの話をしているのだろう？

「いいえ。四十年ほど前に、龍神温泉で弟子入りをした……」

権蔵の言葉が途切れた。

顔じゅうに不安の色が広がった。

あけびも横にいて、仙人はもうよくわかっていないのだと思った。だいたい見た目からしてそうではないか。

その途端（とたん）、

「ひゃっひゃっひゃっひゃっ。嘘だよ。もうろくしたふりをしただけ。紀州忍びの権蔵だろうが」

と、笑顔を見せた。

「ああ、よかった。相変わらずお人が悪い」

権蔵は安心のあまり、泣きそうな顔になった。

「そっちの姉ちゃんは？」

仙人は目を輝かせて、あけびを見た。

「あけびと申します。権蔵さんといっしょに仕事をしています」

権蔵がなにか言うより先に、あけびは言った。

「可愛い姉ちゃんだなあ。おれといっしょに冬眠するか？」

「いやいや、けっこうです」

仙人にしてはまったく枯れていない。

肌も艶々しているし、笑った口には白い歯がずらっと並んでいた。

百歳を超えているとは、とても思えない。

しかも、片手に仕留めたらしい米俵ほどもある猪を抱えている。猪は完全には死んでいないらしく、救いを乞うような目でこっちを見たので、あけびは思わず目を逸らしてしまった。

「いまから猪鍋をつくって食うところだった。お前たちもいっしょにどうじゃ？」

と、仙人に誘われた。目が合った生きものは食べたくない。それより、仙人、肉を食うか？

「はい、ありがとうございます。じつは、いろいろお訊きしたい話がありまして」

と、権蔵は忠実な弟子の態度になって言った。

「なんだ、訊きたい話って。若返りの秘術は、かんたんには教えないぞ」

そんなものもあるのだ。

あけびはいま聞いておけば、将来、必ず役に立つだろうと思った。

「じつは、天一坊のことなのです」

「天一坊……」

仙人の眉間に、意外に知性を感じさせる皺が寄った。

三

宝泉寺温泉に一泊して、湯煙り権蔵とあけびは、早くも江戸に向かっている。

一刻も早く引き返して、いろいろ確かめなければならない。

「ずいぶん複雑な話になってきたね、権蔵さん」

「まったくだ。おれにはさっぱりわからねえよ」

「わからなくていいんだよ、きっと」

「そうなのか？」

「あたしたちは、摑んだ事実をそのまま報告するだけ。あとのことはぜんぶ、偉い人たちが整理して、判断するんだから」

「まあな」

「とくにこの件は、あたしたちは考えないほうがいいよ」

あけびの顔はさっぱりしている。

昨夜、権蔵と湯煙り仙人がいろいろ話し合っているあいだ、ゆっくり宝泉寺温泉に浸からせてもらった。

湯がどんどん湧いているのが、なかに入っていてもわかった。湯舟の縁からこぼれ出ていくのが勿体ないくらいである。

湯質にあまり癖のないのもいい。長く浸かることができて、日々の疲れも取れた気がする。あけびからしたら、草津の湯や龍神温泉よりこっちのほうが断然好みである。それを権蔵に言ったら、「爽味があるからな。ここと似た湯布院の湯も、娘っ子に人気があるんだ」と、またも通ぶった台詞をほざいた。

「だが、湯煙り仙人さまも、天一坊についている山内という男には気をつけろとおっしゃってたぞ」

権蔵は駆けながら言った。

「そうなの？」

「たいした知恵者だし、たいした悪党だと」

「へえ」

「下手(へた)したら、幕閣(ばっかく)たちも手玉に取られかねないと」

「そんなに悪いやつなんだ」

「おれたちだって、すでにあいつに邪魔(じゃま)されているじゃないか」

「あの山伏たちがそうだね」

と、あけびはうなずいた。

二年ほど前、天一坊と山内はいっしょに湯煙り仙人を訪ねて来たという。

天一坊のほうは修行とともに、新しい技を学んだが、山内は天一坊の過去のこともいろいろ訊き込んでいったそうだ。

「だが、あいつには、うっかりしたことは言えぬ気がしたな」

湯煙り仙人はそうも言った。そして、

「お前たちは、動き出すのが、ちと遅すぎたかもしれぬぞ」

と、心配さえしてくれたのだった。

なぜ、遅すぎたのか？

湯煙り仙人は、

「当事者の多くが亡くなってしまい、いまとなっては真実を知る手がかりは少なかっただろう。あと十年、せめて数年、早く動いていれば、さほど苦労せずに済んだはずなのにのう」

と、権蔵をとがめるような口調で言った。

「仙人さまはそうおっしゃいますが、まさかいまごろになって、こんな話が出てくるとは、予想できませんでしたよ」

「ま、そうなのだろうが。あとは、運次第。そう思っていたほうが気は楽じゃぞ」

「運が悪かったら？」

権蔵は不安そうに訊いた。

「世は乱れるかな」

「なんと」

そのときふいに風が吹いた。山がざわざわと鳴り、これから驚異の物語でも始まるかのように、温泉の湯煙りが霧のように流れた。

しかし、風はまもなくおさまった。

「だが、わしはなにが起ころうと、のんびり温泉に浸かるだけ。湯はいいものよ。ひゃっひゃっひゃっ」

湯煙り仙人のすっとぼけた笑い声は、いまもあけびの耳の奥に残っている。世が乱れようが、知ったことではないと思えるのは、やはり仙人でなければ得られない心境なのかもしれない。

西国（さいごく）街道をひた走る。

宝泉寺温泉で疲れを取ったので、あけびは来たときよりも足が軽い。

西宮（にしのみや）あたりまで来たところで、あけびは権蔵に訊いた。

「もう一回、紀州に寄らなくていいかな?」

「ああ。もういいだろう。それより、一刻も早く江戸に帰らなければ」

「そうだね」

山崎（やまざき）から京都に入り、そのまま三条大橋（さんじょうおおはし）から東海道へと突き進む。

遠江国へ入ったころからだろうか。

「権蔵さん！」

「ああ、わかってる」

二人の後をつけて来る山伏集団がある。

「あの仲間かな？」

「そうだろう」

おそらく五人から十人。

「もうやっつけないほうがいいね」

「ああ。生き証人かもしれぬしな」

権蔵とあけびは、山伏たちに追われるように、江戸へたどり着いた。

四

江戸は朝の賑わいである。

田舎ののどかな朝もいいけれど、慌ただしい朝だって悪くない。活気が漲っている。

江戸に入ると、山伏たちの気配はぴたりと消えていた。

「お城に行くの、権蔵さん？」

あけびは、長旅で汚れた着物の埃を、ぱたぱたはたきながら訊いた。

「いや、まだ確かめておくことがある。まずは、天一坊の顔を拝もうではないか」

「わかった。天一坊はいま、南品川の宿坊にいるはずだよ」

「あ、そうだった」

二人は芝の界隈まで来ていたが、東海道を引き返した。

南品川を高台のほうへ入って、近くの者に声をかけると、天一坊の居場所はすぐにわかった。

いまや、かなりの有名人らしい。しかも、その者の話しぶりからは天一坊への尊敬の念すら窺えた。

「そこだよ」

あけびは小声で言った。

「ああ」

二人は、宿坊の前をさりげなく通り過ぎ、坂を上ってからようすを見ようとした。

すると、なかから従者を二人ほど連れた若い男がちょうど出て来たではないか。

「権蔵さん。あの人が……?」

「天一坊か」

さっぱりとした白い着物に白い袴を穿いた若い男は、宿坊のなかに、

「では、富士乃湯に行って来る」

と、声をかけた。

「やっぱりそうだね」

あけびはつぶやいた。

その天一坊を追って、

「後ほど、わたしも伺うかもしれません」

と、落ち着いたようすの武士が姿を見せた。

「山内も？」

「はい。そこは江戸城のすぐ前らしいですね」

山内はにやりと笑ってうなずいた。噂の悪党は、やはりそれらしい顔をしていた。あれくらい大きい顔だと睨みも利くはずである。天一坊の小さな顔が、いまから山内に食われるソラマメくらいに見えた。

「そうさ。お濠の佇まいは美しいぞ」

天一坊はそう言って、坂を下り始めた。

「後をつけるの、権蔵さん？」

「いや、それより先に行って、丈次とやらを拝ませてもらおう」

二人は天一坊の一行が通る道を迂回して走り出した。

権蔵とあけびは、日本橋本町一丁目の町火消〈い組〉の頭である湊屋喜左衛門の家にやって来た。

「丈次はここだ」

と、権蔵は言った。

「小春さんの忘れ形見か。でも、ほんとかどうかはわからないよ」

あけびはそう言って湊屋のなかをのぞき込んだ。

　すると後ろから声がした。

「ああ、汗びっしょりだ。早いとこ、富士乃湯（ふじのゆ）に行って、さっぱりしたいもんだぜ」

「兄ぃ。おいらの梯子（はしご）乗りの腕は、ちっとは上達したのかな？」

「うーん。来年の出初式（でぞめしき）に間に合うか、微妙なところだな。それよりも、おれはあの大技を本番でやれるかどうかだ」

「いや、兄ぃなら大丈夫だ。これでますます、い組の丈次の名は、江戸中に轟（とどろ）き渡りますぜ」

　二人はそう言いながら、湊屋のなかへ入って行った。

「権蔵さん。いまのが？」

「ああ、丈次だろう。やっぱり、ここにいたんだな。しかも、火消しとして有名みたいだ」

「いなせな若い衆だったねえ。あんないい男は、お庭番にはまずいないよ」

あけびはうっとりした顔で言った。

いったんなかへ入った二人は、またすぐに外へ出て来た。

下駄(げた)をつっかけ、手拭(てぬぐ)いを首にかけている。町の湯屋(ゆうや)に行くらしい。

「三太(さんた)。今日あたりは、青井(あおい)さまも来ていそうな気がしねえか」

「しますねえ。そろそろ涼しくなったんで、ゆっくり浸かりたいんじゃないですか」

「また面白(おもしろ)い謎解きでもしてもらいてえもんだ」

「青井さまの謎解きは、ほんとに惚(ほ)れ惚(ぼ)れしますからね」

二人は大声で話しながらお濠沿いの道に出た。

一石(いっこく)橋のたもと近くに湯屋があり、二人はそのなかへ入って行った。

「あれ、あけび。のれんを見てみろ」

「富士乃湯とあるね」

「天一坊が行くと言ってたのもここだろう」

「そうだね。面白いことになってるね」

「さて、次は桃子(ももこ)を探すぞ」

権蔵とあけびは踵(きびす)を返した。

「それにしても、丈次と桃子はこんなにすぐ近くにいたんだねえ」

と、あけびは感嘆して言った。

「そうみたいだ」

「偶然じゃないよね」

「そうだろうな」

二人は、越後屋に近い横町に入った。

そこに日本橋芸者の置屋がある。なかから、三味線の音が聞こえてきた。

「いい音色だなあ」

「権蔵さん。三味線の音色なんてわかるの？」

「お前、この良さがわからないのか。朝の慌ただしさが一段落ついたあとの、路地裏に響く三味線の音色。これぞ、江戸の情緒ってもんだろうが」

権蔵がそう言うと、三味線の音が熄んだ。

するとまもなく、若い芸者が手桶を持って、外に現われた。

化粧っ気もないのに、肌は真っ白。黒目がちの瞳がすばやく左右を見た。その眼差しの色っぽいことといったら。

「ひょお、いい女だなあ」

「まさか、あの人が？」

「そりゃあ、ないよな」

と、言ったとき、置屋のなかから声がした。

「桃子ちゃん。今日は大事なお座敷だから、よおく磨いてきておくれ」

「はいよ、おかみさん」

そう言って歩き出す。その身のこなしがまた、いかにも粋（いき）ではないか。

「桃子だよ」

「ほんとだ」

権蔵とあけびは驚いた。

「まさか桃子も富士乃湯に？」

「でも、この道を行くんだから、そうだよ」

権蔵とあけびは、後をつけていく。

お濠沿いに出て、桃子はやっぱり富士乃湯に入って行った。

「驚いたな、あけび」

「ほんと」

そう言った権蔵とあけびは、さらに衝撃的な光景を見た。常盤橋を渡って、大きな男を先頭に四人の男たちが、気軽な着流し姿でやって来るではないか。その正面の男こそ征夷大将軍徳川吉宗！

「……？」

権蔵とあけびは、もはや声もなかった。

第六章　鉢合わせ

一

　時を少しだけ巻きもどすが――。

　この日の朝、入っていた将軍吉宗の予定が、次々に取り止めとなった。

　会談の相手が急病になったり、江戸に着くはずの一行が、大井川の川止めで間に合わなかったりしたのである。

　そのため、前代未聞の一日が始まるのだが、このときはまだ暢気なものであった。

「上さま。今日一日、ご予定がまったくなくなってしまいました。いかがいたしましょう？」

ほめ殺しの水野が訊いた。

「訊くでない」

と、吉宗は言った。

やけに嬉しそうである。

「やはり」

水野がうなずいた。

「丸一日、富士乃湯でゆっくりしよう。何度も湯に浸かり、二階の広間で休息し、顔見知りの連中と他愛もない話をし、いままでの疲れをすべて解消することにしよう」

そんな一日を、どれほど待ち望んだことか。吉宗の表情が、つい、だらしなく崩れた。

「そうおっしゃるだろうと思っておりました」

わきにいた安藤と稲生もうなずいた。

久しぶりの富士乃湯である。吉宗が行きたくてたまらないのは、水野たちも重々わかっていた。

「夕方までいれば、いつもとは違う面々とも顔を合わせることになるかもしれぬな」

なじみの連中だけでなく、初めての客たちとも会ってみたい。そうすることで、江戸の民の、本当の暮らしが垣間見られるはずである。

「では、さっそく、その旨を連絡いたします」

将軍を警護する伊賀者や、江戸の治安を守る町奉行所にも連絡が走った。

護衛の体制はでき上がっている。

目立たないが、不測の事態に備えた万全の警護がおこなわれる。

もう何度も実践されてきた。

危険はまったくなかった。

この日もそうなるはずだった。

だが、いままでなかったことが起きるのが、この世というものなのである。

危険を想定するということが、いかに難しいか、この日、将軍を警護した者たちは、後日、つくづく思い知ったのだった。

「上さま、今日は少し肌寒いですぞ」

吉宗といっしょに着替えながら、おとぼけ安藤が言った。

「そうかな。暑くなりそうな気はするが、浴衣はやめたほうがよいか」

いったん浴衣に袖を通した吉宗も、薄手の単衣に替えることにした。

「おや、上さま。その柄は？」

安藤が目を瞠った。

将軍家には、いわゆる留め柄がある。将軍しか着てはいけない柄で、たとえば綱吉の松葉や、後の家斉の御召十などである。

だが、お洒落に無頓着な吉宗には、とくにそうしたものはない。なんだって着る。しかも、質素なものを好んで着た。

「うむ。この前、秋向けの着物を新調するというので、柄選びをした。大奥の反対を押し切って、これを選んでみた」

纏が小紋になっている。

その意匠は、丸と四角の組み合わせ。

「それはたしか、ケシの実に枡で、い組の纏ではございませんか」

「そうだ。消しますの洒落になっているらしいな。なかなか粋だろう」

「丈次が驚くでしょうな」

「あっはっは」

吉宗はご機嫌である。

用意も整い、

「さあ、出かけよう」

と、さりげなく大手門を出た。

大名屋敷が並ぶあいだを抜け、常盤橋御門に差しかかった。

お濠の上を吹いてきた風は、さらさらと乾いた秋風である。

空を見上げれば、大方は晴れているが、東のほうにわずかばかりの鰯雲。

まさに秋日和だった。いたいけな娘が酒呑童子のもとに嫁に行く日にもふさわしいし、改心した大泥棒が刑場の露と消える日にもふさわしい。どんなできごとの背景にもなりそうな、青い空である。

「いい日じゃのう」

吉宗が言った。

「御意」

と、お付きの三人も微笑んだ。

だが、天気予報が未発達の当時である。

これから二刻（四時間）もすると、風が湿り気を帯びて急激に強くなり、青空は黒雲に覆い尽くされ、凄まじい雨が大地を叩き始めるとは、誰にも予想できなかった。

二

吉宗は常盤橋御門から一石橋のほうへ歩いて行くと、半町（約五十五メートル）ほど先に男女の二人連れがいるのに気がついた。

男のほうに見覚えがある。

――あれはお庭番の湯煙り権蔵ではないか？

湯煙り権蔵は、はるとあきという吉宗の青春を彩った二人のおなごのことを調べるため、紀州の龍神温泉に向かったはずである。

そろそろ帰って来るころだとは思っていた。だが、江戸にもどったなら、なにはさておき自分の下に報告に来るべきではないか。

それがなぜ、こんなところにいるのか？

もしかして、怠けているのか？

吉宗は呼びかけようとしたが、権蔵らしき男はびっくりした顔をしたあと、若い娘の背中を押すようにして、路地を曲がり見えなくなってしまった。

「妙だな」

吉宗のつぶやきに、わきにいたケチの稲生が、

「なにかございましたか？」

と、訊いた。

「いま、前にいた男女を見なかったか？」

「そのような者がおりましたか？」

気づいていないのだ。

稲生が水野と安藤の顔を見ると、二人の老中も首を横に振った。

「まあ、よい」

この者たちは、政以外のこととなると、まるっきり頼りにならないのだ。

巷の湯に来るようになって、つくづくわかったことだった。

　富士乃湯に着くと、吉宗はのれんを分け、番台に湯銭をぴしゃりと置いた。

「これは青井さま」

　おやじが嬉しそうに言った。

「うむ。久しぶりじゃ。今日はゆっくり入らせてもらうし、二階も使わせてもらうぞ」

「はい、どうぞ。二階のほうはまだ誰もいませんので、貸し切りみたいなものです」

　ならばと、二階の代金も先に払った。

　着物を脱ぎながら、洗い場を見ると、いつもよりも混んでいる。

　真ん中あたりにいる人が、誰かの肩を揉んでやっているらしい。

「水野。今日も転ぶか？」

　そう言って吉宗が振り返ると、水野は真っ青な顔で、棒立ちになっていた。

　水野は稲生から囁かれたのである。

「天一坊がおります」

稲生はそう言ったのだ。

「なんだと？」

「この前、伊奈半左衛門とともに尋問した相手ですから、間違えようもございません」

「なぜ、ここに？」

「さあ。麻布あたりの湯屋にいると聞いてはいましたが、まさか、ここに来ているとは……」

天一坊が湯屋で病人の治療をしているとは知っていた。

だが、よりによって富士乃湯に来なくてもよいではないか。

「どうしよう？」

水野が咄嗟のことに混乱し、頭の中が真っ白になったとき、吉宗が振り返ったのだった。

「そなた、顔が真っ青だぞ。湯はやめておけ」

「そういたします」

水野はうなずき、着替えの板の間にもどった。そこで、すでに控えていた小

姓に、

「た、大変だ」

と、言った。

「どうなさいました？」

「天一坊がこの湯屋に来ているのだ」

「曲者でございますか」

小姓は刀に手をかけ、洗い場に向かおうとした。将軍の警護をするくらいだから、小姓とはいえ、剣の達人である。

「ち、違う。曲者ではない。が、いろいろ噂のある御仁だ。そなた、聞いてないのか？」

「はあ」

「湯屋の外にも警護の者はいるな？」

「はい。さりげなくこの周囲を見張っております」

「もう一人くらい、なかに入れておくか。念のため、奉行所へ誰か走らせよう」

水野はそう言って、湯屋の外に出ると、一人、屈強そうな小姓にわけを話し、なかに引き入れ、座らせた。
だが、これで安心かというと、それが水野にはわからない。
お忍びの将軍吉宗と、その隠し子と噂される天一坊が、町の湯屋で鉢合わせした。
こんな事態が起こることを、いったい誰が予想できただろう。
この先、なにが起きるのか。
離れていた父子の、涙の対面？
しかも、裸同士で？

三

吉宗は、待ち焦がれた富士乃湯にいまから浸かろうというのだから、稲生や水野の動揺には気が行かない。なにやらおろおろしているみたいだが、どうせまた転ぶのが怖いのだろうと、ちらっと思っただけだった。
ざくろ口をくぐり、暗いなかに入ると、

「あ、青井さま」

三太の声がした。

「やっぱり、お見えになりましたねえ」

と、丈次も言った。

「おう、久しぶりじゃのう」

吉宗は嬉しそうにそう言って、熱い湯に浸かった。

「うっ、うーむ」

どうしても唸るのである。

それくらい湯屋の湯は熱い。

だが、これに耐え切ったとき、身体中の毛穴が開き、えも言われぬ快感に包まれるのだ。

「これだ、これ。これこそが湯に入る醍醐味というものだ」

吉宗がそう言うと、

「青井さまは、いまごろ、おわかりになったんですか」

湯舟の隅で女の声がした。

「おう、桃子姐さんもいたのかい」

「お噂していたんですよ。そろそろ青井さまがお見えになるだろうって」

「わしは噂の男か」

「ええ。また、面白い謎が起きて、青井さまが解き明かしてくれたらいいって」

「あっはっは。そうそう都合よく、謎なんか落ちていないだろう」

「いいえ。あたし、思うんですが、この世というのは、じつはたくさんの謎に満ち満ちていて、ほとんど気付かれていないんじゃないかしらって」

「ほう」

「でも青井さまのような、優れた洞察力をお持ちの方がいると、謎も自然と浮かび上がって来る。つまり、謎は真相を明らかにしてもらいたがっているのかもしれませんよ」

　桃子姐さんがそう言うと、

「なるほどねえ」

　丈次がうなずき、

「うまいこと言うねえ、桃子姐さんは」

と、三太が手を叩いた。

「では、もし、わしがいるあいだに、なにか謎が持ち上がったら、解いてみせようかな」

吉宗は言った。

「待ってました！」

桃子姐さんがそう言うと、

「日本一！」

「征夷大将軍（せいいたいしょうぐん）！」

丈次と三太がつづけた。

まさか本物に言っているとは思わない。

吉宗は手足を伸ばし、湯に浸かっているが、安藤や稲生はまだ入って来ない。

「まったく、あいつらはなにをしておるのか」

吉宗がそう言うと、

「ご家来衆ですか？」

と、三太が訊いた。

「うむ。一人はここへ来るたびに、頭をぶつけたり転んだりして、たぶん本当は入りたくないのだろうが、あと二人も愚図愚図しているみたいだ」

「ははあ。もしかして、湯の神の説教に聞き惚れちゃっているのかも」

「湯の神の説教？」

　前に聞いた話である。

　――わしの隠し子と称する者も、湯の神とやらを信仰しているという話だった……。

　吉宗は思い出した。

「ええ。いま、洗い場に来ている男をご覧にならなかったですか？　天一坊といいましてね」

「天一坊？」

　なんと、わが子かもしれない男が、この湯屋に来ているというのだ。

　これには吉宗も驚いた。

　だが、その話が真実かどうかは、まだわからないのだ。それは、湯煙り権蔵が調べているはずだが、その権蔵らしき男をさっき見かけたのは、どういうことないか」

「うむ。ちらりと聞いたことはある。巷でいろいろ噂になっているらしいではな

三太が訊いた。

「ご存じないですか、青井さまは？」

のか……。

「そうなんですよ」

「その男がこの富士乃湯に来ているのか？」

「つい最近ですかね。ほぼ毎日やって来ては病人の治療などをしているんです。まあ、なかなか立派な男ではあるんですがね……」

三太はなにか引っかかっているらしい。

「どうした、三太？」

吉宗は三太に話のつづきを促した。

「だって、天一坊は、将軍さまの隠し子だっていう噂なんですよ」

「怪しいのか？」

「あっしはわかりませんよ。ただ、兄貴がね」

と、三太は丈次を見た。

　すると、丈次は、

「そんな話は嘘っ八に決まってますよ」

　と、怒ったように言った。

「ほう、丈次はそう思うのか？」

「ええ。あの野郎は、ああして一所懸命、人のためになっているように見せてますが、ほんとのところは、でまかせを言い張って、大名にでも取り立ててもらおうという魂胆なんですよ」

「なぜ、そう思う？」

「じつはね、あっしは紀州の龍神温泉の近くで生まれ育ったんでさあ」

「龍神温泉の……」

「天一坊もそうだっていうんですよ」

「同郷ではないか」

「本当ならね。でも、あっしは、あんなやつは見たことはありません」

「ほう」

「もっとも、うちの家族は杣の者で、山の中に住んでいたから、あのへんの人を皆、知っているわけじゃあありませんが。でも、昔から、そういう噂は確かにあったんです。和歌山城の若さまが馬でやって来て、あそこらの娘を手籠めにし、子どもをつくらせたんだとか」

丈次は憤った口調で言った。

三太と桃子姐さんは、初めて聞いた話ではないらしく、驚きもせずに俯いて小さくうなずいたりしている。

「ひどい話だな」

と、吉宗は眉をひそめた。そう言われるのは仕方がないかもしれない。

「あいつは、山伏だそうですから、あのあたりを通ったときに、そういう噂があるのを聞いたのでしょう。それで、いつか時が経ち、真実を確かめるのが難しくなったころに、その話を持ち出して、将軍さまに取り入ろうと思ったんですよ。たぶん」

「なるほど」

「なあに、そのうち役人に捕まって、獄門首ってことになるに決まってますって」

　丈次は自信ありげに言った。

「厳しいのう、丈次は」

　吉宗は丈次の剣幕に驚いて言った。

「だいたい、こう言っちゃあなんですが、人の上に立って大丈夫なのかもわからねえやつが、血筋だかなんだか知らねえけど、お城におさまるってこと自体が気に入らねえ」

　丈次がそう言うと、

「兄貴。そういうことは言わねえほうが」

と、三太が止めた。

「ああ。わかってる。でも、おれだったら、もしもおふくろから、お前のおとっつぁんは将軍さまだと言われても、名乗り出たりはしないいな」

「ほう、そうか？」

　吉宗は意外そうに訊いた。

「そんなことしませんよ。だいたい、あんな城のなかでふんぞり返ってなにが面白いんですか。江戸の町ってのは心が弾むようなところですよ。あっしは紀州の山のなかから出て来て、つくづく思いました。山は山で楽しいところはもちろんあります。でも、このごちゃごちゃして、いろんな人間がいて、いいも悪いも、きれいなのもきたねえのも、いっしょくたになった江戸の町ほどは面白くはねえ」

丈次がそう言うと、

「ほんと。それは、あたしも思うよ」

と、桃子姐さんが言った。

「もちろん、ここで生きていくのは大変だ。ただ、食っていくだけなら、山のほうが楽かもしれねえ。でも、面白さを比べたら、江戸のほうが上だ」

「そうなのよねえ」

「ただし、その江戸の面白さは、お城のなかになんかいてもわからねえ。こうやって湯に入ったり、仲間と酒を飲んだり、梯子（はしご）の上で宙返りしてみたり、好き勝手にやれるから得られる面白さだ。いくら、お城のなかで偉そうにしていられると言っても、殿さまなんぞにはなりたくねえ」

「わしのような貧乏旗本ならどうだ？」

吉宗が訊いた。

「おっと、青井さまみたいなご身分ですか。確かにお気楽そうには見えますね」

「そうか」

「そりゃあ考えねえでもありませんが、やっぱりあっしの柄じゃねえってとこですかね」

「なるほどな」

と、吉宗は笑ってうなずき、

「それにしても、安藤と稲生は遅いのう」

四

天一坊がいることを稲生から伝えられたのは、ほめ殺しの水野だけではない。そのあと、おとぼけ安藤も耳打ちされていた。

「なんと、あれが天一坊か……」

安藤は洗い場にいる天一坊を見て愕然（がくぜん）とし、それから呆然（ぼうぜん）となった。あまりのことに感情の赴くままに流されてしまい、理性で考えるという方向にはなかなか行かないらしい。

「ええ。どうしましょう?」

ケチの稲生は、すでに顔を知られている天一坊に悟られないよう手拭いで頰かむりをした。その分、下半身が露わになるが、それは仕方がない。

「どうしましょうって、水野どのは?」

安藤が水野を見ると、脱衣場の板の間の隅で、心配そうにこっちを見ていた。

「稲生。相談いたそう」

「わかりました」

安藤と稲生は、水野のいるほうへ引き返した。

「安藤も聞いたのか?」

と、水野は言った。

「はい、驚きました」

「わしも驚いたが、もしものときに備えて、外の小姓を一人、なかに連れてきた。町奉行へも、同心を走らせた。そなたもなにかしたほうがよいぞ」

「では、わたしももう一人、小姓をなかへ」

安藤は外に行こうとしたが、

「いや、なかの護衛は充分でしょう。あまりなかが混雑すると、かえってよくないかと」

と、稲生が止めた。

「ならば、どういたす？」

「天一坊は、まさか上さまがここに来ているなどと知っているわけはないでしょう？」

稲生は水野と安藤を交互に見て言った。

「それはそうじゃな」

水野はうなずいた。

「上さまも、天一坊の顔をご存じない」

「もちろんだ」

と、安藤は言った。

「であれば、知らぬ者同士のすれ違い。このまま、われらも素知(そし)らぬ顔をして、あとはそれぞれこの富士乃湯から出て行けば、なにもなかったことになると存じます」

稲生の言葉に、水野と安藤はうなずいた。

「ただ、誰かがあれは天一坊だと伝えたら……」

「あ……まさか丈次や三太たちが……」

三人は不安げにざくろ口のほうを見た。

そのころ、権蔵とあけびも富士乃湯の外で揉めていた。

「なんで、天一坊と丈次と桃子の三人がいるところに上さまがおいでになったんだ?」

権蔵は髪を掻きむしりながら言った。

「あたしだって、わかるわけないでしょ」

「今日はここで、ご対面の行事でもやるのか?」

「そんな馬鹿な」

「湯屋における、父子の涙の再会」

「三流戯作者だって、そんな間抜けな場面は書かないよ」

「ちょっと、なかがどうなっているか、のぞいてみよう」

権蔵は富士乃湯の裏に回り、湯釜のわきにある戸をそっと開けて、なかをのぞいた。

「どう？」

あけびが横で訊いた。

「天一坊がいる。客の背中を揉んでやっている」

「どれどれ？」

あけびは、権蔵がのぞく下のほうから自分ものぞいた。湯気がたちこめているが、目を凝らすうちに次第に見えてくる。

「向こうの脱衣場のほうにいるのは、ご老中たちではないかな」

「あ、そうだね。なんか不安そうにしてるよ」

「上さまは湯舟か？」

「たぶんそうだよ。下手したら、丈次や桃子もいっしょなんじゃないの？」

「ううむ。どうなってるんだ？」

「権蔵さん、この際、なかに入ってみるしかないんじゃないの。なんなら、ここで上さまに報告してもいいかもしれないし」

と、あけびは提案した。

「いや、そういう出しゃばったことをすると、お頭から怒られるな」

「でも、近くにはいたほうがいいよ」

「そうだな」

「あたしも入るよ」

権蔵とあけびは表に回った。

町人の恰好をして警戒している伊賀者たちをさりげなく一瞥して、のれんを分ける。

脱衣場で裸になった権蔵とあけびは、湯気で煙った洗い場に入った。

「やっぱり上さまは湯舟みたいだ。あけび、わしは上さまに顔を知られている。お前、なかに入ってようすを窺って来い」

「わかった」

あけびはうなずき、ざくろ口に向かった。

第七章　ぞくぞくと

一

もう一度、時を巻きもどすが——。

後ほど自分も伺(うかが)うかもしれないと言って天一坊(てんいちぼう)を見送ったあと、山内伊賀亮(やまのうちいがのすけ)は刀の手入れを始めようとした。なにやら今日あたり、刀を必要とするようなことがある予感があった。

縁側に出て、刀の目釘(めくぎ)を外(はず)そうとしたとき、山伏(やまぶし)の一団がやって来た。十人ほどいる。

「おう、ご苦労だった」

山内はなかへ迎え入れた。

「いや。じつはお庭番の二人をやり損ねまして」

頭領格の山伏、法真坊が恐縮して言った。

「なんと……」

将軍の直々の命を受けて動くお庭番と呼ばれる忍者たちがいることは、山内は茶坊主頭の児島曹純から聞いて知っていた。さらに、熱海や箱根、草津の温泉を探る忍者たちの存在も摑んでいた。

その男女二人の忍者こそお庭番であろうと見当をつけて見張らせていたが、先日、二人が紀州の龍神温泉に向かった。

――おそらく当時のことを調べるよう、将軍から命じられたに違いない。

そう思った山内は、子飼いの山伏たちに二人の始末を命じたのだった。

じつは、いまさらどう探っても、当時の真実を明らかにすることはできないはずなのだ。

ただでさえ、時の流れに消し去られていたのを、山内がとどめを刺したのである。

万が一ということを考え、念には念を入れたのだった。

「それほど手強いのか？」

山内は訊いた。

くノ一のほうはかなりやるが、初老の男のほうはまるでたいしたことはないと聞いていた。

「龍神温泉で五人が倒されました」

「くノ一にか？」

「いえ。どうも、権蔵という初老の忍者にやられたようです」

山内は内心、見くびり過ぎたかと不安になったが、それは顔には出さず、

「それで、やつらはどこまで話を摑んだのだ？」

と、訊いた。

「さほど摑み切れていないと思います。なにせ、はるもあきも、家族なども、皆、死んでしまっていますし、最後の秘密を握っていた者も、山内さんが始末なさったし」

山伏の法真坊が言った。

「では、お庭番の二人は、なにもわからぬまま、江戸にもどったというのか？」

山内は、法真坊に訊いた。

「そう思います」

「小春が産んだ子どものこともか？」

その若者こそ、山内の唯一の懸念だった。

「小春が産んだ子どもの行方はわれらも捜しましたが、わかりませんでした。やはり雷に撃たれて死んだのではないでしょうか？」

「おそらくな」

と、山内は言った。

今回、動き出す前にも入念に調べたのだが、わからず仕舞いとなっていた。おそらく死んだのだと、山内もそう判断していた。

だが、お庭番ともあろう者が、そうかんたんに諦めて江戸に帰って来るだろうか。

山内がそう思ったとき、

「ただ、お庭番の二人は妙な動きをしました」

と、法真坊は言った。

「妙な動き？」

「九州に向かったのです」

「まさか宝泉寺温泉に行ったのでは？」

山内が訊いた。

「宝泉寺温泉とは別府の近くですか？」

「近くというか、さらに奥へ入ったところだ」

「あ、そうかもしれません」

「湯煙り仙人と会ったのか……」

山内は眉をひそめた。

まさかあの湯煙り仙人にまでたどりつくとは思わなかった。湯煙り仙人は天一坊の師匠であり、たしか天一坊になにか忠告めいたことまでしていた。

——もっとも、あの仙人はかなりの歳だから、当時、すでに記憶も怪しくなっている状態だった。

山内は不安を打ち消した。

「まあ、いい。ところで、わしらはここを引き払おうと思っている」

と、山内は山伏たちに言った。

「引き払ってどこへ?」

「もう一度、江戸市中へ。それもお城の真ん前あたりで、上さまと向き合うことにした」

「向き合う?」

「われらはもはや逃げも隠れもしない。正々堂々と、上さまに真実を訴えるのみ。すでに、その段階に達したのだ」

半月ほど前、天一坊は関東郡代の伊奈半左衛門と勘定奉行の稲生正武と対面している。

あの二人も天一坊に圧倒され、本物であると実感したのは明らかだった。

「おそらく上さまは、お庭番の報告を待っているのだろう」

と、山内は言った。

「そのお庭番が江戸にもどったとなると?」

「なにか言って来るだろう。そのとき、われらは上さまの真ん前にいる。ということは、江戸の民がその一部始終を目の当たりにすることになるし、幕府も隠しだては難しくなる」

「なるほど」

法真坊も納得した。

「では、参るぞ。銀内はいるか？」

山内が声をかけると、

「はい。参りますか」

上野銀内はすでに仕度を整えていた。

一行は、南品川の宿坊を出て、東海道を江戸のど真ん中へと向かう。

「今日はわしの幼なじみとも会う」

歩きながら山内は銀内に言った。

「お武家ですか？」

「いや。喜三次といって、いわば俠客だよ」

「俠客……」

「これが頼りになるやつでな」

山内はそう言って、薄く笑った。

「それで、われらは宿屋にでも入るので？」

法真坊が訊いた。

「まあ、宿屋というか湯宿というか」

「湯宿など江戸にありますか？」

「数日前、一石橋近くの飲み屋で若い男と知り合ってな。これが戯作者志望で、しかも湯屋の一人息子だというのさ。湯屋の跡など継ぎたくないと嘆いていたので、そこを道場のようにして私に丸貸しすれば、湯屋の仕事はせず、店賃だけ取れるぞと入れ知恵してやったのだ」

「道場のように？」

「そう。まあ、当面湯屋は続ける。湯を沸かす仕事も俺たちが自分でやるのさ。すると、当人はすっかりその気になって、まずは試しに使ってみてくれというので、とりあえずそこに入ることにした」

「寝る場所は？」

「ちゃんと二階がある。二階の座敷は今後客が使えないようにして、我らの宿舎にする」

「それはいいですね」

「そこが、いま、天一坊さまが通っている富士乃湯（ふじのゆ）という湯屋なのだ」

山内も、まさかそこに将軍吉宗（よしむね）が来ているとは、思いもよらなかった。

二

さて、一方のあけびだが――。

ざくろ口をくぐって湯舟に入ると、すでに入っていた客たちはちらりとこっちを見た。だが、すぐに目線を外した。どうやら話題に夢中らしい。

あけびはもちろん、正式な挨拶（あいさつ）こそしていないが、吉宗の顔は知っている。ただ、吉宗のほうは、あけびの顔など覚えているわけがない。

「でも、天一坊は自分で言ったり名乗ったりはしてないんでしょ？」

と、桃子姐（ももこねえ）さんが言った。

「それはわからねえよ。自分じゃ言わねえが、周りの取り巻きに言わせているかもしれねえ。すると、噂は噂を呼び、自然とお城の偉い人にも伝わるってわけだ。おれはどうもその節があると睨んでいるんだがな」

丈次が声を落として言った。なにせ、当の本人はざくろ口の板を隔てた、すぐ向こう側にいる。

「兄貴の言うことはもっともだ」

三太がうなずいた。

「でも、丈次さん。それだったら、お城の人たちだって、ほっとかないんじゃないの？」

桃子姐さんが言った。

「ああ。天一坊はすでに奉行所だかどこだかに呼び出されたって噂は聞いたぜ」

「そうなの。でも、無事にこうしてここにいるということは？」

「うん。それはなぜか、おれにもわからねえ」

「ま、どうせ、おいらたちにはわからねえことなんだよ。そういう話は、上のほうで闇から闇に葬り去られるのさ」

三太が言うと、

「であれば、天一坊に直接、訊いてみればよいではないか？」

と、吉宗が言った。

「いや、それは、なんとなくはばかられるんです。あいつの妙な迫力のせいなんですかねえ」

丈次が首をかしげながら言った。

「では、わしが訊いてみようか？」

「青井さまが？」

丈次だけでなく桃子姐さんや三太も驚いた。

——ははあ……。

どうやら将軍吉宗は、ここでは青井と名乗って、丈次や桃子たちとも親しくまじわってきたらしい——いままでのやりとりから、あけびはそう推測した。

「じつは、わしも今日は一日、ここでゆっくりできるのさ」

吉宗は暢気な口調で言った。

「そりゃあ、いいですね」

と、丈次は言った。

「丈次や三太は忙しいのか？　桃子姐さんはどうなのだ？」

吉宗は三人に訊いた。

「あっしらは大丈夫です。火事さえ起きなきゃ」

「あたしも夕方までなら暇なんだけど、女は二階は使えませんよ」

「それは残念だ。まあ、わしと丈次と三太はゆっくり湯に浸かり、二階で飲み食いしながら、のんびり過ごそうではないか」

「いいですねえ」

二人はいかにも嬉しそうである。

「とりあえず、熱くなってきた。いっぺん洗い場で垢でも落とすとしよう」

吉宗が立つと、三人もいっせいに湯舟から出た。

急に湯が少なくなり、あけびの首まであった湯が、乳が見えるほどになった。

洗い場に出た吉宗は、どかりと腰を下ろし、周囲を見回した。水野はもとより、安藤も稲生も洗い場にはいない。脱衣場に目をやると、固まったみたいになって、じいっとこちらを注視しているではないか。

――なんだ、あいつらは。

吉宗は、頼りにならない三人組など放っておくことにした。

洗い場の中央では、天一坊が男の年寄りを揉(も)み終えたところだった。もう、次の番を待っている者もいない。

これ幸いと、

「ちと訊ねるが、わしのような者でも、揉み治療はしてもらえるのかな？」

と、吉宗は声をかけた。

「もちろんです。ただ、立派なお身体(からだ)をしていらして、どこも悪いところがあるとはお見うけできませぬが？」

「とくに病(やまい)というのはないかもしれぬ。ただ、先日までひどい凝(こ)りに悩まされていてな。この湯屋に来るようになって、だいぶ楽になったのだ」

「そうでしたか」

と、天一坊は吉宗の肩に手をかけた。

――これが本当にわが子なら……。

と、吉宗は思った。

ずいぶん奇妙な出会いだった。

三

そのころ——。

山内伊賀亮の一団は、一石橋たもとの富士乃湯の前まで来ていた。

そこではすでに喜三次が待っていた。

「よう。待ったか？」

山内は声をかけた。

「いや。そうでもない。ただ……」

と、喜三次は眉を曇らせた。

「どうした？」

「なんだか、この湯屋は見張られている気がするんだがな」

「見張られているだと？」

山内はさりげなく周囲を見た。

「あっちとあっちに町人がいるだろう。やつらの目つきが嫌な感じなんだ。それと、そこにいる若い侍もな」

喜三次は視線で伝え、小声で言った。

「ふうむ。たぶん天一坊さまを見張っているのだろう」

山内はたいしたことではないというように言って、湯屋の隣の家に声をかけた。

なかから出て来たのは、湯屋の倅らしい。

「あ、山内さま。どうぞ、こちらに」

湯屋の倅は、湯屋と逆側の路地へ、山内たちを案内しながら、

「おやじにはまだ話していないので、こっちから二階に上がってください」

「なにか見張られているみたいだという者もいるのだが？」

「ああ。ときどきあるんですよ。たいしたことではありませんよ」

倅は軽い調子である。

湯屋のわきにいた侍も、一瞬、山伏の集団を警戒したようだったが、湯屋に入るのではないと思ったらしく、声をかけてきたりはしなかった。

外階段から回るように湯屋の二階へ入った。

ここは、表からはまるで見えない。

「ほう。いいところではないか」

二階を見回し、山内は言った。

「ええ。ゆっくりしてください」

倅はそう言って、いなくなった。

「すぐ湯にも入れますね。ちょっと見て来ます」

銀内が下をのぞきに行った。ところが、まもなく真っ青な顔になってもどって来て、

「山内さま。大変です。天一坊さまがいま背中を揉んでいるのは、上さまですぞ！」

「なんだと？」

これには、山内ばかりか、二階にいた者は皆、仰天した。天下の征夷大将軍がこんな巷の湯屋に来ているとは、信じがたいことである。

「上さまがお忍びで秘密の湯に行っているとは伺っていたのですが、まさかここだとは……」

銀内は盲目のふりをすることも忘れ、目を真ん丸にしている。

「どれ、どれ？」

山内は、階段のところから顔だけ出して、洗い場のあたりを見た。堂々たる体格をした男が、気持ちよさそうに天一坊の揉み治療を受けている。

「あれが将軍か……」

「鷹揚（おうよう）でやさしいお人柄です」

と、山内の後ろで銀内が言った。

「ははあ。それで外に見張りがいたのか」

と、山内は言った。

「でも、上さまが来ているのにしては、少な過ぎるんじゃないですか？」

銀内が不思議そうに言った。

「警護の者が大勢いたら、逆になんだ？　ということになるだろうが」

「そういうものですか」

「これは、面白（おもしろ）くなってきたな」

山内の視線が躍るようにさまよった。

「面白いか?」

喜三次が訊いた。

「こんな機会は、逃がしたら二度とないぞ」

「それはそうだ」

「ちと、村井長庵を呼んで来よう」

「村井長庵? 二代目だな?」

「ああ。わしのために働くと言っている。ちょうどいい。あいつの働きが要るかもしれぬ」

若い山伏に命じ、芝金杉橋近くに住む村井長庵を呼びに行かせた。

「将軍は天一坊さまのことを知っているのか?」

山内は銀内に訊いた。

「しかとはわかりませんが、町の噂などもいろいろお耳に入っているかもしれません」

「とすると、将軍は天一坊さまに会いに来ているのかもしれないのか……」

山内はもう一度、下の洗い場をのぞいた。

吉宗は肩を揉まれながら、天一坊になにか訊ねているみたいだった。

四

南町奉行大岡越前は、この日たまたま、芝金杉橋近くに忍んで来ていた。

大岡がこうして江戸市中を見て歩くのは、決して珍しいことではない。自分でも呆れるくらいの腰の軽さで、巷の流行だの、悪事の気配だの、自分への評価だのを嗅ぎ回っている。奉行というよりは、岡っ引きのそのまた子分の下っ引きとして褒めたいような仕事ぶりである。

この芝界隈は、増上寺の門前町になっていて、門前町というのがまた、巷の傾向が露わになりやすいのである。信心をしたあとは、気が緩むのかもしれない。

この日もあちこちで聞き耳を立てながら歩いて来て、ふと、足を止めた。

日本橋のほうから山伏が一人、凄い勢いでやって来ると、とある一軒の家に飛び込んだのである。

「ん？　なにやら臭いな？」

大岡は、いっしょに来ていた与力の佐々木軍兵衛に言った。

「お奉行。あそこは、二代目村井長庵の家です」

「なんだと」

大岡は眉と目を吊り上げながら驚いた。

村井長庵の二代目を名乗る者がいると聞いたとき、大岡はその者の胸の内を怪しみ、この佐々木軍兵衛にどういうやつかを調べるよう命じた。

だが、その報告は、

「きわめて善良な医者でした」

というものだった。

大岡は信じられなかった。善良な医者がなぜわざわざ、あんな稀代の悪党の二代目を名乗らなければならないのか。佐々木はたぶらかされているのだと思ったが、忙しさにかまけ、調べはそのままになっていた。

「やはり、あやつは裏に何かある」

と、大岡は言った。

「そうでしょうか？」

佐々木は首をかしげた。

まもなく、家のなかから山伏といっしょに二代目村井長庵が飛び出して来た。

長庵は薬箱を担いでいる。

凄い速さで、日本橋のほうへ向かった。

「ほおら、何かあるぞ」

大岡が言うと、

「ただ単に山伏の仲間が腹痛でも起こしたのでは？」

と、佐々木は言った。

「違う。わしの勘は鋭いのだ！」

そう言って、大岡は駆け出した。

お奉行が駆け出したのに、与力や同心たちが後を追わないというのはあり得ない。

「何なんだ？」

と文句を言いつつ、佐々木たちも駆け出した。大岡以下、与力と同心が一名ずつに中間（ちゅうげん）二人と岡っ引き一人。合計六人が、どたばたと長庵たちの後を追う。

途中、山伏が長庵の薬箱を替わって担ぐと、ますます速くなった。

「見失うな！」

大岡が佐々木たちを叱咤（しった）したとき、山伏がふいに後ろを振り向いた。

「おっと」

大岡たちは慌（あわ）てて立ち止まり、あたりを見回したりして、追いかけてなどいないふりをする。ほとんど、子どもの遊びである。

そのあいだに、長庵と山伏はもっと先まで行っている。

これを何度かやられたから、長庵と大岡たちのあいだは一町（約百九メートル）ほど離れてしまった。

日本橋まで来たが、たいそうな人混みである。渡ったところは、道が四方（しほう）に分かれている。

「どこへ行った？」

大岡は見失っている。

「あ、いま一石橋のたもとのところに」

気の利いた中間が指差した先で、山伏ともう一人がすっと右手に消えた気がした。

「曲がったのか？」

「わかりません」

ともかく、ふらふらになりながらも、二人が消えたあたりまでやって来ると、

「ん？　ここは？」

富士乃湯という湯屋の前である。

「どうなさいました？」

佐々木軍兵衛が訊いた。

「この湯屋にはたしか……」

迂闊（うかつ）には言えない。

将軍吉宗がときおりお忍びで巷の湯屋を訪れていることは、幕府の中枢（ちゅうすう）にいる大岡はもちろん知っている。大岡には、

――そんな危ないことをさせていいのか？

という気持ちもあったが、いろいろ準備もし、吉宗の強い希望もあって実現し

た。

その吉宗が訪れているのが、たしかこの富士乃湯で、警護はすぐ近くということで北町奉行所が担当しているのだった。

——まさか、このなかに？

今日、吉宗がこの富士乃湯に来ているかどうか、大岡はわからない。

どうしたものかと突っ立っていると、見覚えのある男が近寄って来て、

「これは南町奉行の大岡さま？」

と、声をかけた。

「そなたは？」

「北町奉行所の与力で江藤と申します」

大岡は佐々木たちから少し離れて、

「今日、上さまはここにお見えなのか？」

と、小声で訊いた。極秘事項だから、大っぴらにはできないのだ。

「は。来ておられます」

「いま、怪しい山伏と医者がこのなかに入って行かなかったか？」

「いえ。それは、初老の男と若い娘ではないですよね？」

権蔵とあけびのことを言っているのだ。

「違う。一目でわかるような、山伏と医者だ」

「この富士乃湯には入っておりませぬ。あ、そういえば、そちらの路地のほうには誰か入ったようでございますが」

北町奉行所の与力は、一軒先の向こうにある路地を指差した。

「さようか」

とは言ったが、大岡はやはり気になる。

――どうしよう？

大岡は迷った。吉宗がいるなら、挨拶に行ってもおかしくはない。怪しい男が近くにおりましてと言えば、忠勤（ちゅうきん）ぶりをほのめかすこともできる。

だが、湯屋に入れば、自分も湯に浸からないわけにはいかないだろう。大岡は風呂が苦手で、大嫌いなのである。

――だが、やはり……。

なにせ二代目村井長庵がからんでいそうなのである。

大岡は、佐々木を呼び、

「そなたたちは、もっと向こうで待っておれ。用があるときは呼ぶからな」

と、命じて富士乃湯ののれんを分けた。

するとすぐに、

「なんと大岡ではないか」

「いいところに来てくれた」

と、脱衣場の隅で声が上がったのである。水野が近づいてきて小声で囁いた。

「じつは大変なことが起きている」

第八章　何が何やら

一

天一坊は、ゆっくりと吉宗の身体を揉みほぐしていった。本人が言ったように、凝りはずいぶん和らいでいるみたいだが、身体の奥に根強い疲労が、松の幹のなかのヤニよろしく、ねっとりと溜まっているように思えた。

その奥にある疲労を誘い出しては解消するように、湯をかけたり、筋を伸ばしたりしながら、丁寧に揉んだ。半刻（一時間）まではいかないが、四半刻（三十分）はゆうに過ぎてから、

「いかがですか？」

と、天一坊は訊いた。

吉宗は肩をぐるぐる回してみた。それから、左右の手を交互に真上にあげた。

さらに腰もひねるようにした。

「驚いたな。凝りはすっかり消え失せている」

「そうですか」

「まるで二十歳くらいの若者にもどったような気がする」

吉宗がそう言うと、周囲から笑い声が起きた。

その声で、吉宗は洗い場をぐるりと見回した。揉まれているあいだは、あまりにも心地良くてうっとりしてしまい、丈次や桃子らがいることまで忘れてしまっていた。

来たときにいたほかの客は、すでにいない。いま、この洗い場にいるのは、吉宗と天一坊、丈次に三太に桃子、こっちに背中を向けているのは初老の男と若い娘、それと吉宗が来たときはいつもいる町方の護衛の武士、以上八人だけ。

吉宗は、一仕事を終えて満足そうにしている天一坊に、

「ところで、おぬしにはなかなか面白い噂があるそうじゃな？」

と、訊いた。

「噂でございますか」

「将軍の隠し子らしいな？」

吉宗はさらりと訊いた。

丈次や三太、桃子姐さんたちが息を呑んだのもわかった。

「ふっふっふ。どうなのでしょう」

と、天一坊は含み笑いをして言った。

「否定をせぬのか？」

「そうですね。ただ、わたしが言えるのは、生まれは紀州の龍神温泉の近くで、母の名は小春といい、その母は若いころに和歌山城の若さまと恋に落ち、男の子を産んだ――それがわたしということだけです」

「なるほど。その若さまが、後の将軍吉宗になったというわけか」

と、吉宗本人が訊いた。

「そのようです」

「だが、証拠はあるのか？」

「ございます」

「ほう。どのような?」

「そのとき若さまは、万が一、ややができたりしたなら、これを持って城へ参れと、羽織の袖を破いて母に渡してくれたそうです。葵の御紋が入った袖です。それはいまも持っています」

「立派な証拠ではないか」

吉宗は、天一坊の顔をじいっと見つめながら言った。

「ただ、若さまはご城下でしばしばそうしたことをなさっていて、ほかにも同じような袖はいくつかあるそうで、確たる証拠にはならないかもしれません」

「なるほどのう。そなたは、母からその若さまの話は聞いておらぬのか?」

「聞きました。母はその当時、染物をしていたのですが、若さまは桜の樹皮から桜色を煮出すことに驚いて、たいそう興味を持たれたのだそうです。それで、自分もその着物が欲しいとおっしゃったのですが、若さまが桜色の着物ではおかしいと、柳の葉で薄い緑に染めた反物をつくって差し上げたという話をしておりました」

「そんな話がな……」

　と、吉宗はつぶやいた。

　天一坊が語ったのは、まぎれもない事実だった。やはり、巷の噂は当たっていたのかもしれない。

　あのときの恋は実を結び、いま、ここで父と子がようやくめぐり会ったのか。

　吉宗の胸に熱いものが溢れつつあった。

「母はどうしておる？」

　と、吉宗は訊いた。

「亡くなりました。もう十年近く経ちましょうか。当時、あのあたりで疫病が流行りまして。ただ、わたしはすでに山伏となって旅をしていましたので、母の最期を看取ることはできませんでした」

「そうであったか」

　と、吉宗がうなずいたとき、

「おいおい、天一坊さんとやら、馬鹿言っちゃいけねえぜ。母は小春だって？　嘘っ八並べるのもいい加減にしやがれ！」

　丈次が啖呵を切った。

「嘘っ八だと？　あなたはなにを根拠にそのようなことを？」

天一坊は、丈次に向かって訊いた。

「根拠だと？　根拠はな、その小春というのはおれの母親だからだよ」

と、丈次は言った。

「あなたの母親……？」

「ああ、そうさ。おれは龍神温泉の近くに生まれ育ち、母の小春が亡くなったため、十七のときに江戸に出て来た。母親が亡くなるときにおれは教えられた。かつてあった和歌山城の若さまとの初恋のことをな」

「なんと」

吉宗は丈次を見ながらつぶやいた。

「染物のことはおれも聞いた。柳の葉で染めた着物を若さまにつくってさしあげたともな。それはすべて、おれの母親のことだ」

「証拠はあるのか？」

と、天一坊が訊いた。さほど動揺（どうよう）しているようには見えない。

「あるさ」

「どんな？」

「おれの母親が、若さまからもらった葵の御紋が入った短刀だ。おれは、母親が亡くなる前にそれをもらい、いまも持っているぜ」

「短刀を……」

天一坊の表情に、ようやく動揺が見えた。

「だ、だったら、兄貴は将軍さまの子どもってことなのかい？」

三太が素っ頓狂な声をあげた。

「そういうことになるんだろうな。だが、おれは名乗り出るなんてことはしねえよ。さっきも言ったように、おれはい組の丈次でいたいんだ。威張り腐った侍にもなりたくねえし――おっと青井さまは別ですぜ、それからお城なんかにも入りたくねえ」

「いい台詞だねえ、丈次さん」

と、桃子姐さんは言った。

「だけど、おれの母親の名を騙って、おめおめとお城に入り込もうとするやつのことは、ぜったいに許さねえ」

丈次は食いつくような目で天一坊を睨んだ。

「わたしはなにも騙ってはおらぬ」

「まだ言うか」

丈次と天一坊が睨み合ったそのときだった。

大岡越前が洗い場に現われたのである。

二

「上さま」

と、大岡越前は吉宗の前に手をついた。

裸の吉宗の前に着物を着たままでいるのは無礼だと思ったらしく、大岡も裸になっている。

「上さま？」

天一坊が青井新之助こと、吉宗を見た。

「いま、上さまと？」

丈次も三太も桃子姐さんも、唖然として吉宗を見た。

「者ども、控えおろう！　こちらは、八代将軍徳川吉宗さまにあらせられるぞ！」

大岡は周囲を見回して言った。

「えっ？　嘘でしょ？」

三太がひきつった笑いを浮かべ、

「あんたは誰？」

と、大岡越前に訊いた。

「わしは、南町奉行大岡越前守忠相」

大岡が名乗ると、

「あ、ほんとだ。大岡さまだ」

三太は思い出した。火消しは出初式で何度も顔を見ている。

丈次はすでに気づいていた。

「では、青井さまは、ほんとは……」

三太が、がまがえるのようにひれ伏すと、天一坊も丈次も、そこにいた者は皆、慌てふためいて、洗い場の床に頭をつけた。

「よいよい。いまさら遅いぞ。あっはっは」

吉宗は笑い、それから大岡に、

「ここからは微妙な話になりそうだ。警護の者たちに、今日はもう、ここ富士乃湯には誰も入れぬようにと伝えよ。おやじには、その分は保証するとも申せ」

と、命じた。

大岡はすぐに、脱衣場に引き返し、いまの命令を周知徹底させた。

「さて、話のつづきだがな……」

と、吉宗は一同を見た。

「驚いたことに丈次は小春の息子で、天一坊の話は嘘偽だと申すのだな」

「はい。そのとおりです」

と、丈次は頭を上げて胸を張った。

するとそのときだった。

這いつくばっていた湯煙り権蔵が顔を上げ、

「上さま。丈次は小春の息子ではありませぬ」

と、言ったではないか。

吉宗は、顔を上げた男を見て、

「そなたは湯煙り権蔵ではないか」

「はい。これに控えますのは、ともに上さまの若かりしころのことを調べてまいりましたお庭番の」

権蔵は傍(かたわ)らを見た。

「あけびにございます」

と、あけびは自ら名乗った。

「そなたたちの到着を待っておったぞ」

「ははっ」

「いつ、もどった?」

「今日、もどったばかりでございます。上さまにご報告する前に、肝心(かんじん)の者たちの顔を確かめようとしたところが、皆、この富士乃湯に来たばかりか、上さままでもお出(い)でになり、いかなることかと、ここへ控えておりました」

権蔵が事情を語った。

「そうであったか。それで、すべて調べはついたのだな？」

「それが……」

権蔵は口を濁(にご)した。

「どうなのじゃ？」

吉宗は詰問(きつもん)した。

「なにぶんにもずいぶん昔のことでございまして、しかもその後、あのあたりでは疫病が蔓延(まんえん)し、ずいぶん多くの者が亡くなったりいたしまして……」

「うむ」

「それでも、いままでわからなかったことは、ずいぶん調べがつきました。すると、ますます奇怪(きっかい)な話になってまいりまして」

「奇怪な話？」

「これは我々ではとても判断がつきかねますので、とにかくわかったことはすべて上さまにご報告申し上げ、結論はおまかせしようと、そう思った次第にございます」

「なるほど、そういうことか」

吉宗はうなずいた。

洗い場にはいつの間にか、水野(みずの)、安藤(あんどう)、稲生(いのう)の三人も来ていた。三人もまた裸になっている。

権蔵がなにやら報告を始めたので、これは立場上、聞き逃(のが)すわけにはいかないだろう。

「それで、丈次が小春の子でないというのは？」

吉宗がさらに訊こうとすると、

「冗談言っちゃいけねえ。おれはいまから、証拠の短刀を持ってまいりますよ」

と、丈次は止めるまもなく、近所に火事でも起きたときのような勢いで飛び出して行ってしまった。

三

これまでのなりゆきを、山内伊賀亮(やまのうちいがのすけ)は階段の上からのぞき込むようにして聞いていた。脱衣場と洗い場のあいだに戸などはないので、話はよく聞こえるのだ。

もう湯屋のあるじはいない。のれんをなかに入れると、隣の家に引っ込んでしまったらしい。警護の二人は、洗い場の近くに控えて、刀を引き寄せ、不測の事態に備えている。

丈次が自分の言うことが真実だと証明するため、湯屋から飛び出して行った。どうやら吉宗からもらった短刀を持って来るつもりらしい。

「まずいな」

と、山内はつぶやいた。

「まずいのか？」

喜三次が訊いた。

「ああ。小春が産んだ子どもは死んだと思っていた。しかも、短刀は充分な証拠になる」

「だが、天一坊のほうも本物だと言い張ればよいではないか」

「母親の名は小春だと言うよう、わしは天一坊さまに頼んでおいたのだ。二人とも同じように吉宗に恋をし、同じように子を宿した。名前のことなどたいした問題ではないはずだったのでな。小春とその夫は、早くに世を去っているので小春の名前を出しておいた方がよいと思ったのだ」

「そうだったのか」

「千秋の夫である玉吉は、天一坊は間違いなくおれの子だとしつこく言い張った」

「だから、斬ったのか？」

「そうだ。ま、いまは、そんなことより丈次をなんとかしなければならぬ。長庵」

　山内は後ろを振り向き、村井長庵を呼んだ。

「はい」

「いま、飛び出していった丈次というやつは生かしておけぬ。どうにかできないか？」

「殺すのですね？」

「天一坊さまがこれから行う善政をさまたげることになる。あやつを始末することは、この世にどうしても必要な悪となる」

「毒を盛りましょう」

長庵はきっぱりと言った。

「やれるか?」

「息せき切って帰ってくるでしょうから、そこで毒入りの茶を飲ませましょう」

「即死か?」

「いや。飲んでしばらくして苦しみ出します」

「それはいい。頼む」

「わかりました」

村井長庵は急いで毒を調合し、二階に置いてあった茶碗にお茶を入れ、毒をまぜると、気づかれないように、その毒入り茶碗を持ってそっと外へ出た。

凄(すご)い勢いで駆け出して行った丈次は、日本橋本町(ほんちょう)一丁目の町火消〈い組〉の頭(かしら)、湊屋喜左衛門(みなとやきざえもん)の家にもどると、隠しておいた短刀をひっつかみ、また富士乃湯へと駆けもどる。あいだはせいぜい二町(ちょう)(約二百二十メートル)ほどだから、丈次の足ならあっという間である。

ところが、もどる途中、空が異様に暗く、低くなっているのに気がついた。こんな空は見たことがない。肌がざわざわし、空気が重苦しい。

「なんだ、おい？」

急激な天気の変化に気づいたとき、

カリカリカリッ。

と稲妻が走り、凄まじい轟音が鳴り響いた。それと同時に、

ザァーッ。

と、滝のような雨が降り注いできた。

「なんてこった」

たちまちびしょ濡れになったが、それでも富士乃湯に向かって駆けた。

短刀は、懐に入れ、抱くようにした。母からもらったあとも、ずっと大事にしてきた。名乗り出るつもりなどなかったのに、なぜ言い出してしまったのだろう。

どこかで、本当の父親という存在への思慕の念を持ちつづけていたのかもしれない。

いっしょに暮らし、雷に撃たれて死んだおやじは、やさしい人ではあったが、たぶん血はつながっていないと、薄々わかっていた。

湯屋の前に男が一人いて、

「あ、もどられた。喉が渇いたでしょう。さ、お茶を」

と、茶碗を出してきた。

「ありがとうよ」

丈次はなにも奇妙だとは思わず、それを一息にあおって、なかへ入った。

濡れた着物を脱ぎ、吉宗のもとへ行き、

「青井さま、いや、将軍さま。これがおれの母親の小春が、今わの際に渡してくれた、将軍さまから頂いた短刀です」

と、差し出した。

「うむ」

吉宗は短刀を受け取り、丈次を強い視線で見つめてから、短刀を鞘から抜いた。

刃をかざし、じっと見た。

洗い場は湯煙りのせいだけでなく、かなり薄暗くなっていた。天気が激変したのは雷の音でわかっていた。

吉宗はすぐに言った。

「これはわしの与えた短刀ではない」

四

「ええっ！」

丈次だけではない。

三太も桃子も、さらに権蔵やあけびまでもが、驚きの声を上げた。

天一坊でさえ、驚いたように目を瞠（みは）っていた。

話の流れから言ったら、丈次が持って来る短刀は、ぜったいに本物であるはずだった。

二階では山内が、

「どうなっているのだ？」

と、つぶやいていた。

「そんな馬鹿な。将軍さま。もう一度、お確かめになってください」

丈次は懇願した。

「うむ。ちと、暗くなってきたな」

吉宗の言葉に皆、上を見た。開いている窓から入ってくる光は乏しく、夕暮れのように薄暗い。板戸が外に向かって開いているので、雨粒は入って来ないが、音で凄まじい雨が降っているのはわかった。

「明かりを持って参れ」

「ははっ」

警護の者がかねて準備してあったらしい大きなろうそく二本に火をつけ、台とともに吉宗の両脇に置いた。

吉宗は目釘を外し、柄から刃を引き抜いた。

「ほれ。無銘だ。わしの刀は皆、名のある刀工が打ったものだ。無銘の刃というのはあり得ない」

「なんてこった。じゃあ、おれの母親は今わの際に、嘘っ八をおれに言って死んでいったわけですか。何をトチ狂っていやがったのか」

丈次は自棄（やけ）になったように言った。

「丈次。嘘っ八ではない」

と、吉宗は言った。

「え？」

「そなたの話はある程度のところまでは真実なのだ。だが、事態はもう少し複雑らしい。そして、そのことは丈次のせいではない」

「そうなので……」

「それに、この短刀をよく見ると、鞘のほうだけはもしかしたら本物かもしれぬ」

「え？　鞘だけ？」

「ま、その謎を明らかにする前に、天一坊、そなたにも訊きたいことがある」

と、吉宗は天一坊のほうへ向き直った。

「はい」

「そなた、母の名は小春と申したが、それはまことか？」

「いえ。じつは……」

　天一坊は口ごもった。

「申せ」

「母の名は、じつは千秋と申しました」

「やはり、そうか。だが、なにゆえに小春と偽ったのじゃ？」

「それは、わたしが信頼する弟子が、そう申し上げたほうがよいと力説いたしましたので。わたしも戸惑いはありましたが……」

「弟子というのは？」

「山内伊賀亮という者です」

　天一坊がそう言うと、

「わたしも会っております。天一坊どのの参謀のような存在と見受けられました」

　と、稲生正武がわきから言った。

「どのような者だ？」

「弁が立ち、頭も切れそうな男です」

稲生がそう言うと、

「あれは策謀家ですぞ」

大岡が言った。

稲生と大岡は見つめ合った。二人のあいだに好敵手同士の火花が散ったように見えた。

「この方たちが何と言おうと、わたしは山内を信頼しております」

と、天一坊は言った。

「では、なぜ、山内とやらは母が小春だと申し上げるようにと言ったのかな」

吉宗は言った。

「それは……」

天一坊は首をかしげ、俯いた。

吉宗は、丈次と天一坊を交互に見て、

「そのほうたちもいままでの話から何となくわかったであろうが、じつは、わしは若き日に出会った小春と千秋に、同時に恋をした」

と、言った。

「そうなので？」

「そうでしたか」

丈次と天一坊はともに唖然とした。二人とも、母からそのことは聞いていなかったのだ。

「二人は初めて会ったときいっしょにいた。そして、わしは二人に別々に恋心を打ち明け、その恋はあろうことか、二つとも叶った。もちろん、別々にだぞ。だが、それがいまとなると、多少、事態を複雑にしてしまったらしい」

「……」

丈次と天一坊はうなずいた。

「天一坊についての調べは？」

吉宗は権蔵に訊いた。

「千秋が上さまと恋をしたころ、じつは千秋には玉吉という許嫁がおりました」

権蔵は神妙な顔で言った。

「そうであったか」

と、吉宗はうなずいた。とくに怒りのような表情は窺えない。

「玉吉は父です。わたしはその父と母の千秋と、人里離れた山のなかの家で暮らしました。天一坊と名乗る前の名は、新一と申しました」

天一坊は言った。

「仲は睦まじかったか？」

「いえ、ひどいものでした。物心ついたときから、父母は喧嘩ばかりで、わたしもつらかったです。早くに家を出て、山伏のようになったのも、そうした父母の不仲が原因だったかもしれません」

「千秋がそんな喧嘩をな。いつもにこにこして、やさしい娘だったが」

吉宗は不思議そうに言った。

「母は気の強いおなごでしたから」

「そうなのか……不仲の理由は？」

「家を出る前に知りました。母がわたしに打ち明けたのです。羽織の袖もそのときにもらいました。わたしが生まれる前の母の不義が原因でした」

「なるほど」

吉宗はそう言って、眉をひそめた。

悔恨のような表情も窺えた。

「そのあたりの調べはどうであった？」

吉宗は権蔵に訊いた。

「端から見られていた限りでは、二人は仲睦まじかったそうです」

「そうなのか」

「だが、千秋の顔にときどき青あざが浮かんでいたりしたそうです。それはいまの天一坊どのの話を証明するものかもしれません」

「なるほど。それで、玉吉はどうなった？」

「数年前まで生きておりました。だが、何者かに斬られ、山中で死んでいたということです」

権蔵がそう言うと、

「斬られて死んだ？」

と、天一坊が驚いて訊いた。

「知らなかったのか？」

吉宗が天一坊に訊いた。

「風の便りに亡くなったとは聞いていましたが、斬られて死んだとは……いったい誰が？」

「われらもそれは調べたのですが、結局、わかりませんでした」

と、権蔵が言った。

「では、いまからそれも明らかにしようではないか」

吉宗は自信に充ちた口調で言った。

第九章　吉宗の謎解き

一

吉宗は少しのあいだ、葉桜のあいだからこぼれる日差しのような穏やかな目で、天一坊と丈次を見比べていたが、

「丈次は子どものころ、母に連れられてお城のようなところに行ったという覚えはないか？」

と、訊いた。

「お城？　そういえば」

丈次は膝を叩いた。

「あるか？」

「あれはまだ五つくらいのときだったと思います。きれいな恰好をさせられ、母親といっしょに遠くまで歩いたような覚えが……そこはだだっ広くて、高い石垣があったかもしれません」

「うむ。それはおそらく和歌山城であろう」

「そうなので？　だが、なぜ、お城に？」

「そなたをわしに会わせようと連れて来たのだろうな」

「では……？」

丈次は息を呑んだ。

「権蔵。そこらのことは調べて来ておらぬか？」

吉宗は、権蔵に顔を向けた。

「は。じつは、上さまが紀州藩主になられた際に、子どもを連れて訪ねて来た女が、五人ほどおりました。いずれも、上さまの子どもだと申し出たそうにございます」

「五人もか！　だらしない藩主じゃのう」

吉宗が呆れたように言うと、桃子姐さんが、

「くすっ」

と、笑った。

「申し出た女たちの名と子どもの名前も書き付けに残っておりました。そのなかに、龍神温泉近くに住む小春と、その子、丈次の名もありました」

「なんてこった」

丈次がつぶやいた。

「それで？」

吉宗は先を促した。

「当時の係りの者も存命で、話を聞くことができました。女たちは、いずれも短刀や羽織の袖を証拠として持参してきたそうでございます。それで係りの者は、そのほうたちの話が真実だと言い張るなら、こちらも詳しく吟味をおこなうと。そのかわり、話に少しでも疑わしいところがあれば、親子は磔に処すことになるだろうと、申したそうでございます」

「それは厳しいのう」

吉宗は眉をひそめた。

　権蔵は報告をつづける。

「だが、ここで訴えを取り消し、もう二度と来ないと約束するなら、十両（八十万円）を与えようと。それで、小春は訴えを引っ込め、十両を受けとったそうです。その際、証拠として持参した短刀も置いて来たようです。それは、いまも保存してありました」

「なるほど」

「ですが、何か予期するところがあったのか、鞘だけは手元に残したのかもしれません」

　権蔵はそう言って、丈次の持って来た短刀を指差した。

「短刀の謎はそれで解けたようじゃな」

　吉宗がそう言うと、

「では、おれの母親は十両もらって、ほくほくして家にもどったわけですね。なんだか、自分の母親ながらがっかりですぜ」

　丈次はうんざりしたように言った。

「ま、そう言うな。その金はおそらく、そなたのために使ったのだ。それに、まだ明らかになっておらぬことがある」

「ええ」

丈次はうなずき、つづきを待った。

洗い場にいるほかの者も、皆、この話はどうなっていくのかと、息を詰めて見守っている。

それは、二階から逆さまに顔を出してのぞき込んでいる山内伊賀亮たちも同様である。

「おい。小春は諦めたかもしれぬが、丈次が将軍の子であることは否定できないな」

と、山内は言った。

「確かにそうですな」

同じようにのぞいていた上野銀内も言った。

「丈次はやはり邪魔者になりそうだ。それにしても、あやつ、なかなか苦しみ出さないではないか。長庵、どうなっておる?」

山内は振り向いて訊いた。

「確かに毒の茶を飲んだはずですが」

長庵はそう言ったあと、雷と豪雨に肝をつぶしたときのことを思い出した。

あのとき、凄まじい雷に驚き、長庵は思わず頭を抱えたのだった。

そのはずみで、もしかしたらせっかく淹れた毒の茶は、ぜんぶこぼれてしまったのではないか。

そこへ滝のような雨が降り注いでいたので、茶碗には雨が溜まり、丈次が飲んだのはただの雨水だったかもしれない……。

だが、長庵はそれを言わないことにした。

二

「ところで丈次の父と母の仲はどうであった?」

吉宗は訊いた。

「よかったと思います。ただ、おやじとおふくろがいっしょになったのは、たぶん、あっしがそのお城に連れて行かれたあとのことだと思います」

「なるほど」

「おふくろが何も言わなかったので、おやじはヤキモチをやいたりすることはなかったのでしょう」

「それはそうじゃな」

「あっしも、薄々、この人は実の父親じゃねえとは思っていました。だが、先ほど、このお方があっしは小春の息子ではないとおっしゃいました。それはどういうことなんでしょうか？」

丈次はそう言って、権蔵を睨んだ。

「どうじゃ、権蔵？」

吉宗は権蔵を見た。

「はい。小春自身がそう言ったそうにございます」

「小春自身が？」

「ただ、その話を聞いたというのが、なんと申しますか、怪しげな人物でして」

権蔵はためらうようなそぶりをした。

「怪しげな人物？」

「じつは、わたしの忍技（にんぎ）の師匠（ししょう）でもあるのですが、あのころ龍神温泉に湯煙り仙人と呼ばれる男がおりまして」

「なんと湯煙り仙人が！」

「湯煙り仙人ですか！」

驚きの声をあげたのは、吉宗だけではない。天一坊も意外だったらしい。

「上さまも湯煙り仙人をご存じでしたか？」

権蔵は吉宗に訊いた。

「むろんだ。龍神温泉界隈（かいわい）では伝説の人物だった」

と、吉宗はうなずき、

「わしは、あの人に出会い、身をつつしむようになったのかもしれぬ」

「そうなので？」

「はるとあきに出会ったのと同じころだった。龍神温泉に浸（つ）かっていたとき、いつのまにかあの仙人がいて、わしにこう言ったのだ。ほう、将軍になる相（そう）をしておると」

吉宗がそう言うと、水野（みずの）や大岡（おおおか）らが、

「それはそれは」

と感心するあまり、皆、のけぞるような姿勢になった。

「湯煙り仙人の言ったことに、わしは声をあげて笑ったものだ。爺さん、何、たわごとを言ってるのだと。当時、わしは生意気な若者だったからな」

吉宗は苦い顔をして笑い、

「だが、わしはそのとき、実母から聞いた話を思い出したのだ……これは新之助にだけ話すのですが、わたしは巡礼の娘として龍神温泉を訪れたとき、不思議な仙人に出会ったのです。その仙人はわたしに言いました。そなたは天下を治める男を産むことができる尻をしている。こちらへ参れと。わたしは導かれるままに別の立派な建物のなかの湯舟のほうに行きました。そこで、ちょうど湯治に来ておられたお殿さまと出会ったのです、と」

「なんと」

一同は唖然として吉宗の話に聞き入っている。

「将軍になる相をしていると言ったのは、母が語っていた仙人と同一人物ではないか。そう思うと、予言はすうっと胸のうちに入った。それで、もしもそうした相があるなら、わしは身をつつしまなければならぬと思ったわけだ」

「ははあ」

なにやら国の成り立ちをつづった神話のようではないか。

「だから、湯煙り仙人の言ったことなら、わしは馬鹿にはせぬ」

吉宗がそう言うと、

「じつは、わたしも湯煙り仙人と出会って、湯の力を信奉するようになったのです」

と、天一坊が口を開いた。

「そうなのか」

「そのころ、わたしは繰り返される父母の喧嘩にうんざりしておりました。それで、途方に暮れて山中を歩いていたとき、湯煙り仙人と出会ったのです。おい、少年、心がくたびれたときは、湯に入って、手足を思い切り伸ばしてみるといいぞと、仙人はそう言いました。それで、仙人のあとをついて行き、一緒に龍神温泉に浸かったのです」

「子どもでも心地よかったか？」

吉宗が訊いた。

「はい。そのとき、初めて身も心も安らぐ思いに気づきました。仙人は言いました。安心せよ、この国はありがたいことに、いろんなところに、いろんな湯が湧いている。疲れたり、心がくじけそうになったときは、とりあえず湯に入ってみることだと。わたしは、それで救われた気がしたのです」

「なるほど」

天一坊の回想に、吉宗も共感したらしい。

「わたしが山伏（やまぶし）となり、各地の湯を訪ねながら、湯の神のことを説（と）くようになったのも、もとはと言えば湯煙り仙人のおかげだった気がいたします」

「そうだったか」

もしかしたら、湯煙り仙人こそ、湯の神さまだったのか？　と、吉宗は思った。そうでなければ、湯の恵みがつくり上げた、神の如（ごと）き、いや湯の如き温かで豊かな人格者だったのかもしれない。

三

「ところで権蔵。先ほどの書き付けには、千秋と新一の名はなかったのか？」

　吉宗は権蔵に訊いた。

「ございませんでした」

　権蔵は答えた。

　隣であけびもうなずいた。

「それはそうでしょう。もしも、母がそんなことをしようものなら、父がただではおかなかったでしょうから。父は、それくらい母のことが好きだったようでございます」

　天一坊がそう言うと、

「それが女には重荷だったりするのよね」

　と、桃子姐さんが言った。

「そうなのか？」

吉宗は驚いたように訊いた。

「はい。あまりにも好きになられると、今度はヤキモチをやいたり、言葉だけでは足りずに手が出たりもするでしょう。そのうち、男のほうも好きというより、ただ縛(しば)りつけたいだけみたいになっちまうんですよ」

桃子姐さんは、伝法(でんぽう)な口調で言った。

「では、天一坊、そなたのほうは、自分の出生について、いまはどう思うのだ？」

吉宗は天一坊に訊いた。

「わたしは正直わかりません。母は、わたしの父は別の人であるように言いましたが、それは母の願望に過ぎなかったのではないかとも思いますし、父もああまでしつこく言いつづけたのは、やはりわたしが自分の子なのだという気持ちがあったのだと思うのです」

「鋭い見解だな」

と、吉宗は微笑(ほほえ)み、

「わしもそう思うぞ。だからこそ、玉吉(たまきち)は斬られてしまったのだろうな」

「そうなのでしょうか？」

「うむ。おそらく玉吉は何者かに訊かれ、そう答えたのさ。あれは自分の子だと。誰が何を言おうと、新一は自分の子なのだと。そう言った気持ちは、同じ男としてわかる気がする」

吉宗は大きくうなずいて言った。

では、天一坊はやはり吉宗の子ではないのか？

洗い場にいる誰もが、話の行方を固唾を呑んで見守っている。

そのとき、

「お話し中すみませんけどね」

と口を挟んだのは、桃子姐さんだった。

皆はいっせいにそちらへ目を向けた。

「あら、やだ」

桃子姐さんは胸を隠すようにしながら、

「その湯煙り仙人という人って、いくつなのか歳がわからない、なんとなくお猿さんみたいな顔をしていて、ひゃっひゃっひゃっひゃっていう笑い方をしませんか？」

と、訊いた。

「うむ、そうだったな」

吉宗がうなずき、

「まさにそのとおり」

と、権蔵も言った。

「だったら、あたしも会ったことがあるような気がします」

桃子姐さんが、あいまいな記憶をたどるような頼りない口調で言った。

「どこで会ったのじゃ？」

吉宗が訊いた。

「紀州の白浜温泉です」

「おう、白浜温泉！」

吉宗が懐かしそうに声をあげると、

「おれも行ったことがあるよ」

と、丈次も言った。

「あたしは十五のとき、おっかさんに江戸に行ったほうがよいと言われ、知りあいが越後屋の番頭さんに頼んでくれて江戸に出て来たのですが、その前に家族や親類で有名な温泉に行こうという話になりました」

「桃子姐さんの故郷はどこなのだ？」

吉宗が訊いた。

「あたしは伊勢の松坂なんです」

「なんと、松坂か。奇遇じゃのう。あそこは紀州藩の飛び地なのだぞ」

「はい、そうですよね。親戚は皆、紀州のほうにいると聞いています。それで、その白浜温泉に浸かっていたんですが、いつの間にかすぐそばに来ていたお爺さんが、あたしのことをじいっと見て、奇妙じゃのうって言ったんです。なにが奇妙なの？　ってあたしは訊き返しました。すると、なんで、あんたはここにいるんだ？　と言うんです。解せないので、ちと尻を触らせてくれぬかと、そんなことまで言ったんですよ」

「触らせたのかい？」

丈次が恐る恐る訊いた。

「そんなわけないでしょ。あたしは、ふざけないでと、思い切りお爺さんの頬を叩きました。するとと、ひゃっひゃっひゃって笑って、いまのでもわかったぞって」

「なにがわかったのだ？」

と、吉宗が訊いた。

「さあ。あとは、あたしの母に訊くからいいやって言ってました」

「訊いたのか？」

「どうなんでしょう。だって、あたしの母って言いながら、いっしょに来ていたあたしの伯母さんに話を訊いていたくらいですから」

「伯母さんにな」

「偶然ですけど、あたしの伯母も名前は小春っていいました」

「ほう」

「そんなことより、あたしは海のすぐそばにあった、あの白浜温泉の気持ち良さが忘れられません。夕日が海のなかに落ちてゆくのを見ながら、湯に浸かるんですから。それまで、江戸に出るのがなんとなく不安だったのですが、ま、なんとかなるかって思えたんです」

桃子姐さんがそう言うと、

「それも湯の効能なのです。クヨクヨしたってしょうがない、なんとかなると、楽天的に考えることができるようになります」

と、天一坊が言った。

「ただ、変なのは、それから一年くらいしたころ、この富士乃湯で、あのとき会ったお爺さんとふたたび出会ったような気がしたんです」

桃子姐さんはさらに言った。

「ここでか？」

吉宗は目を瞠った。

「はい。湯舟のなかだったので、ぜったいそうだとは言えないんですが、そこの湯舟の縁に猿みたいな恰好で座って、ひゃっひゃっひゃっひゃって笑っていたんです」

この話に、

「間違いないですな。それは湯煙り仙人でしょう。あの仙人、いまでこそ宝泉寺温泉に浸かりきりですが、十年前くらいまでは、よく江戸にも来ていたそうですから」

と、権蔵は太鼓判を押した。

四

吉宗は、これまでの話を嚙みしめるようにうなずいてから、

「それで、権蔵。お前が調べてきた話というのはどうだったのだ?」

と、訊いた。

「はい。わたしもこのたび湯煙り仙人と久しぶりに会いまして、上さまの昔の思い出についても訊いてまいりました。すると、仙人が小春に訊いたところでは、丈次は上さまの子どもではないと」

「それは変ですって」

と、丈次は異議を唱えた。

「それで、いま、江戸の日本橋で芸者をしている桃子という娘が、すべてのカギを握っていると、こう言ったのです」

「あたしが? カギ?」

桃子姐さんの声が裏返った。だが吉宗は、

「うむ。それでわかった」

と、ぴしゃりと自身の腿を叩いた。

「おわかりになった？」

そう訊いたのは、南町奉行大岡越前守である。

「うむ。すべて、わかった」

吉宗は大きくうなずいた。

「すべてとおっしゃいますと、小春のことも千秋のことも、天一坊のことも丈次のことも？」

勘定奉行の稲生正武も訊いた。

「そればかりか、このたび江戸を騒がせた陰謀のすべてもだ」

吉宗がそう言うと、

「凄い、将軍さま。やっぱり、いちばん凄いのは将軍さまね。こんな身分だけど、あたし、将軍さまに惚れてしまいそう」

桃子姐さんが身悶えするように言った。

「いや、桃子姐さん。惚れられたりしたら、それは大いに困る」

「あら、まあ」

「最後に一つだけ、天一坊に訊いておこう。そなたはそうした生い立ちについて、いままで誰かに語ったことはあるか？」

と、吉宗は訊いた。

「湯煙り仙人と最初に会ったときは、詳しい話はしていません。二年前にも、九州の宝泉寺温泉に、山内伊賀亮とともに訪ねましたが、わたしは新しい治療の技を磨くのに精一杯でした。生い立ちについて語ったのは、山内ただ一人でございます」

天一坊は断言した。

「ほう」

「ただ、湯煙り仙人は、なにやらすべてを知ったような顔をしていました」

「なるほど。では、湯煙り仙人に替わってわしがすべてを明らかにしよう。そもそもは、若かりしころのわしの愚かさが始まりだった。いまは亡き、小春と千秋には心から詫びたいと思う。だが、あのときのわしの思いは、まぎれもなく真摯な恋であったことも嘘ではない」

吉宗がそう言うと、天一坊と丈次は、

「ありがとうございます」

と、頭を下げた。

「それで、いまから二十七年前、小春と千秋はそれぞれ子どもを産んだ。ただし、小春が産んだのは男子ではなかった」

「ええっ」

丈次が思わず声を上げた。

「小春は女子を産んだ。女子では武士の家に引き取ってもらうのは難しいだろうと考えた小春は、ちょうど同じころに身ごもっていた松坂にいる妹と相談して、赤子（あかご）同士を交換することにした」

「なんと」

丈次は唖然となった。

「小春がそのとき産んだ子どもが、ここにいる桃子姐さんなのだ」

「は？」

桃子姐さんは何のことかわからない。一瞬、間があって、

「では、将軍さまがあたしの父親ってこと?」

と、上ずった声で訊いた。

「さよう。だから、惚れられても困る」

「まあ、なんてこと……」

驚く桃子姐さんに、水野たち幕閣や、丈次や三太までが正座して頭を下げた。

しかし、全員が裸だから、なんとなくさまにならない。

「天一坊のほうだが、これはやはり父親の確信を尊重すべきであろう。すなわち、天一坊こと新一は、千秋と玉吉のあいだに生まれた子だと」

「わたしもそのように思えてきました」

と、天一坊は頭を垂れた。

「しかし、ここに陰謀が生まれた。それは、天一坊の家来を自称する山内伊賀亮とやらが立案し、巧妙に筋書きを練り上げたもの。誰に聞いたかはわからぬが、わしの肩凝りがひどいことや、熱海から温泉の湯を運んでいることなども利用し、まんざら嘘とは言い切れない、わしの落とし胤らしき天一坊を世間という舞

台に押し出した」

吉宗はいっきに語った。

「さらに山内は、裁きになった場合も想定して、自ら玉吉を始末しておきながら、母の名は小春だと言うよう天一坊に助言していた。それは、小春が産んだ丈次のほうが、確実にわしの子だと思ったからだろう」

吉宗がそう言うと、

「じつはわたしも、江戸へもどるまで、いや、ついさっきまで、丈次が上さまの子だと思っておりました。仙人は歳をとりすぎてぼんやりしてしまったのだと」

と、権蔵が言った。

「山内というのは、たいした策士だ。わしの体調や温泉好きと、天一坊の湯の神への信仰をうまく結びつけようとしたのだからな。おそらくまだまだ打つ手を用意していたに違いない」

「上さま。じつは……」

大岡越前が言った。

「なんじゃ？」

「申し訳ございません。じつはわたしがご紹介した揉み治療の上野銀内も、天一坊のところから来た者でした。上さまの体調を重視して、警戒しながらも城に入れたのでございますが、あれも何か役目があったのでしょう」

「だろうな。だが、わしがこの富士乃湯に来てから、凝りはどんどん解消した。それは山内も予期せぬことだったろうな」

「危うかったです」

と、大岡越前は恥じ入った。

「では、上さま、山内は？」

稲生が訊いた。

「捕縛して、裁きにかけねばならぬ」

吉宗がきっぱりそう言ったときである。ふいにばたばたと音がして、脱衣場に人が満ち溢れた。

「いかがいたした？」

吉宗が訊いた。

なんと、山伏たちが十人ほど、金剛杖を構えながら、ずらりと居並んでいた。

しかも、そのあいだをかき分けて現われたのは、当の山内伊賀亮だった。

「山内！」

天一坊が声を上げた。

「ほう。そなたが山内伊賀亮か」

吉宗は、興味深げに山内を見た。そのわきには、小姓が二人倒れている。どうやら、山伏の金剛杖で突かれ、気絶してしまったらしい。

「お言葉ですが、わたしは捕縛などされませぬ」

山内は不敵な笑みを浮かべて言った。

第十章　雨中の決闘

一

「無礼者！」

客を装って洗い場にいた町方の者が、隠し持っていた十手で、山内に打ちかかった。

だが、山内はすばやく刀を抜き放ち、この者を肩口から深々と斬り下ろした。

つねづね清潔を第一としていた富士乃湯の洗い場に、真っ赤な血が凄まじい勢いで飛び散った。

「きゃあ」

桃子姐さんが悲鳴を上げた。

「山内。何をするか！」

叱ったのは天一坊である。

だが、山内は叱責をものともせず、

「天一坊さま。ここはお覚悟を」

と、言い放った。

「なんの覚悟だ？」

「このまま上さまをお城へお連れし、天一坊さまを第九代征夷大将軍とすると、天下にお触れを出していただくのです」

「お触れだと……」

天一坊の視線が宙をさまよった。

「なにを馬鹿なことを言っておる！」

と、大岡越前が憤然と立ち上がった。

すると、その大岡の顔を拳で殴りつけ、しかもすっと吉宗に近づいた男がいた。

やくざの喜三次だった。喜三次は、つばめのようにすうっと吉宗に接近すると、すばやく抜き放った短刀を、吉宗の喉元へ突きつけていた。

征夷大将軍の喉元に短刀が！

まさに前代未聞のできごとだった。

「上さま！」

叫んだ水野も、山伏の金剛杖で突かれ、息も絶え絶えにうずくまった。

「ううっ」

さすがの吉宗も、何もできない。顎をできるだけ引き、短刀の切っ先を避けようとするばかり。

見れば、湯屋のなかには、武器を持った吉宗の味方はもう一人もいないのである。

一方、山内たちは、大小を腰に差した山内に、短刀の喜三次。金剛杖に刀まで差した腕の立つ山伏が十人。その後ろには、申し訳なさそうな顔の上野銀内と、二代目村井長庵までいる。

「先ほどまでの上さまのご推察は聴かせていただきましたが、一つ間違いがございましたぞ」

山内は、町奉行として推薦したいくらいの、朗々たる美声で言った。

「わしの推察に間違いだと？」

吉宗は、誇りを傷つけられたように、満面を朱に染めた。

「いかにも。上さまは、玉吉は何者かに訊かれ、あれは自分の子だと言ったと推察なされた。まるで巷の講釈師のようなお話でした」

山内は言った。

「違うのか？」

「違います。ご推察のとおり、何者かというのはわたしのこと。そして、わたしは玉吉にことの真相を問い質しました。あやつは、新一はおれの子だと言い張りましたが、それはあくまでも懐疑に満ちた、怒りと激情の口調でした」

「……」

「つまり、玉吉は逆に、新一は自分の子ではないと確信していたのです。それは、直接聞いたわたしには、はっきりわかりました」

「……」

「そのくせ、新一は自分の子だと言い張る。あやつはもしお白洲で証言させたとしても、そう言い張ったでしょう。だから、わたしはあやつを斬ったのです」

「……」

「天一坊さまはまぎれもなく上さまの御子。ですから、いまからお城に参上することに、なんら不都合はないのです」

山内がそう言うと、喜三次は短刀を突きつけたまま、吉宗の背中を押した。

「その前に、お着物を召していただけますか」

山内が言うと、山伏の一人がどれが上さまの着物かと稲生に訊き、示された着物を後ろから着せかけた。

丸と四角の纏の柄。それを見た丈次が、

「将軍さまが、い組の柄のお着物を……。糞ぉ、なんとしても、お城になんぞ行かせませんぜ」

と、泣きながら歯ぎしりした。

その後ろで、これまで呆然となりゆきを見守るばかりだったあけびが、

「ねえ、権蔵さん。ここ、湯屋でしょ。得意の湯煙り忍技でなんとかできないの？」

　と、囁（ささや）いた。

「無理言うな。湯舟のなかだったらまだしも、洗い場にいるんだから、どうにもならぬわ」

「ああ。もう、情けないなあ」

　あけびは悔（くや）しそうに言った。

「待て、山内」

　湯屋を出ようとする山内に、大岡が言った。

「なにかな？」

「上さまに短刀を突きつけたままお城に入り、それで城中の者がそなたの望むように動くとでも思っているのか？」

「城中の腐った侍など当てにしてなどおらぬ」

「なに？」

「江戸の民（たみ）を集めるのさ。政（まつりごと）に不満のある者は、一人一つ武器を持って、お城にやって来いとな。ぞろぞろ集まって来るぞ。町人の数は、武士のおよそ三倍はいるだろう。しかも、中間（ちゅうげん）などの下（した）っ端（ぱ）はおそらくわしらの味方になる。そうして集まった民が、堕落しきった武士に替わって政をやればいいではないか」

山内は、どうだという調子で言った。

すると、それを聞いた吉宗が、

「面白いのう」

と、言った。

「面白いですと？」

山内は意外な顔をした。

「じつに面白い。民が自ら政をするというのだろう。ただ、それをするには、民の側も智恵や稽古や試行錯誤などが必要だ。すぐにはできぬ。数十年、いや数百年の歳月がかかるかもしれぬ」

「そんなことはやってみなければわかりませぬ。意外にすぐにも、いままでより断然、素晴らしい政になるかもしれませんぞ」

山内はそう言って、のれんを分けて外に出た。

「これは……」

凄まじい雨が降っていた。

二

暗くなったことや、音などでも大雨が降っているのはわかっていた。しかし、これほどとは思ってもみなかった。

雨筋が景色を塗りつぶしていた。雨声は滝のように轟いていた。大地は一面、細かく弾けていた。

これまで誰も見たことのない、異様とも言える光景だった。

「この雨のなかを行くのか？」

吉宗は怒鳴るように訊いた。そうしないと、声も雨に叩かれて落ちてしまう。

「むろんです。おい、上さまに傘を持って来い。そして差しかけるのだ」

と、山内は命じた。

山伏たちが、湯屋に置いてあった番傘を数本持ち出してきて、左右から吉宗と、そのわきに張りついた喜三次に差しかけた。

傘が雨に打たれて、太鼓の乱れ打ちのように鳴った。一本はもともと油紙が薄くなっていたのか、たちまち破れて雨が降り注いだ。

「駄目だ、駄目だ。傘のうえに着物を置け。そこらの重臣どもの着物を、傘のうえにかけるのだ」

山内が命じた。

水野や安藤の派手な柄の着物が、番傘のうえにかけられ、妙な旗印のようになった。

「しっかり差しかけろ。上さまが濡れてしまうではないか！」

山内は怒鳴った。

すると吉宗は、

「わしが濡れる？」

と、不思議そうに訊いた。

「びしょ濡れの将軍はいけませぬ。将軍はつねに、威を整えていなければいけませぬ」

山内がそう言うと、

「くだらぬことを申すな。そんなことより、この雨では水害が心配だろうが！」

吉宗はそう言い、さらに振り向いて、

「大岡、急いで奉行所の橋同心たちに大川の警戒に当たらせよ！　いざというときの民の避難のため、できるだけ舟の手配をいたせ！　さらに、火消しの者たちにも水害の際の支援を頼んでおけ！」

と、叫んだ。喉元に短刀を突きつけられている恐れなど、微塵も感じられなかった。

こんな騒ぎになっているのに、警護の者たちは誰も駆けつけて来ようとはしない。

皆、この豪雨に度肝を抜かれ、軒先に避難してあんぐり口を開けているのだろう。

「さ、天一坊さまも。参りますぞ」

山内は声をかけた。

だが、天一坊は首を横に振り、

「待て、山内。わたしは行きたくない。わたしに政はできぬ。じっさいに政をするのは山内になるだろう。だが、いま、わかった。山内は乱世の策士だ。政はできぬ」

「なにゆえに？」

「さっきの将軍さまの言葉を聞いたであろう。あれが為政者なのだ！」

天一坊は叫ぶように言った。

「ならば、天一坊さまは上さまから将軍としての心構えをご教示いただけばよろしいでしょう。いまは議論のときではありませぬ。一刻も早く、この豪雨にまぎれて、千代田の城の中枢へと入ってしまうのです」

山内はそう言って、吉宗を促した。

吉宗は歩き出した。むろん、喜三次に短刀を突きつけられたままである。

前の景色はほとんど見えていない。雨筋の隙間のなかに、さらに向こうの雨筋が見えているくらいだった。

それでもここは、わかりやすい場所である。たとえ手探りでも、右手に一町（約百九メートル）ほど進んで行けば、そこには常盤橋御門がある。

山内や吉宗のあとを、天一坊は観念したように歩き出した。

そのあとを、傲然と胸を張った十人の山伏たちがついて行く。自分たちの天下はもうそこまで来ているのだ。さらにそのあとから、ほとんど裸でずぶ濡れになった重臣たちがとぼとぼと歩みを進めた。

さらには、湯煙り権蔵とくノ一のあけび、丈次、三太、桃子姐さんも。あけびと桃子姐さんだけはどうにか着物を一枚羽織っていたが、しかしそれも、たちまちずぶ濡れになり、身体（からだ）にぴったり張りついてしまっている。

恐怖さえ感じさせる豪雨である。

だが、この豪雨を喜んでいる男がたった一人だけいた。

「ねえ、権蔵さん。なに、にやにや嬉（うれ）しそうにしてるの？」

あけびは権蔵を見て、呆（あき）れたように訊いた。

「そりゃあ嬉しいさ。これだけ雨が降っているんだぞ。しかも、おそらくは南から来たんだろうな、秋には珍しいぬるい雨だ。湯に入っているのと同じことだろうが」

「え、湯に？」

あけびが訊き返したときには、すでにそれは始まっていた。

三

権蔵は、湯屋にいるときから持っていた、いささか黄ばんだ手拭（てぬぐ）いで、肩から首筋あたりを、ちょうど湯に入っているようにこすっている。

するとどうしたことか、権蔵のいるあたりから白い湯気が周囲一帯に漂い出したではないか。

「なんだ、これは？」

山内は足を止めた。

傘のなかが、たちまち真っ白に煙ってきたのである。

吉宗も足を止めた。

ここにも白い湯気が流れて来ていた。しかも、それにはどこで嗅（か）いだかは忘れたが、なじみ深い温泉の匂いも混じっていた。

「ほう」

吉宗はなんとなくぴんときた。近くには湯煙り権蔵がいる。周囲から呆れられつつなぜか憎まれないあの男が、なにか始めたのではないか。

期待しない者が思いがけない仕事をする。できないはずの者が意外な力を秘めている。それは将軍になってからも、度々（たびたび）見てきたことだった。

「動いちゃなりませんぜ」

吉宗に短刀を突きつけている喜三次が言った。しかしその声には、怯（おび）えも含まれていた。

すでに周囲は、濛々（もうもう）とした煙りとも湯気とも、あるいは霧とも靄（もや）ともつかぬものに包まれていた。

いったいどこから湧き上がってくるのか。よくよく見れば、足元のほうが濃く、上にいくほどに薄れて、人の頭だけはうっすらと見えていた。

突き刺さるような雨に、白濁（はくだく）した大気。それは恐ろしさと同時に、幽玄（ゆうげん）の気配も湛（たた）えている。もしかしたら世界の始まりの景色というのは、こんなものではなかったか。

「天一坊さまはおられますか？」

山内は大きな声で訊いた。

「ここにいる」

近くで声がした。

「皆の者。天一坊さまをお守りせよ。この白いものが晴れるまで動くでないぞ」

山内はそう言って刀を抜き放ち、刃を身に寄せて胸のあたりに構えた。

まもなくである。

白い闇のなかで、

ドサッ。

という重みのある音がした。つづいて、

ガツッ、ガツッ。

という、痛みを感じる音もした。

「ほら。あけび、これを使え」

「はいよ、権蔵さん」

「宵闇（よいやみ）のなかで戦っていると思え」

「ほんとにそうだね」

そんなやりとりも聞こえた。

そこからは次々に、ボコッだの、グキッだの、ドスンだの、キュウだのといった、人体が立てるらしいさまざまな音が聞こえてきた。

まったく見えてはいないが、山伏たちは果敢に戦ってはいたのである。

金剛杖を用心深く突き出し、あるいは払い、白い闇のなかから迫って来る敵に対し、警戒を怠ってはいなかったのである。

ところが、突如として両方の足を、思い切り開かれたから堪らない。股が裂かれたような激痛が脳天へと突き抜け、前に倒れたところで首の後ろを強く叩かれ、気を失った。

あるいは別の山伏は、両足の弁慶の泣き所を堅い、おそらくは金剛杖で打たれ、叫ぶこともできずに崩れ落ちたところへ、もう一度、頭を殴られ、やはり気を失った。

金剛杖ではなく刀を振るって忍び寄る敵を警戒していた山伏は、さらに悲惨だった。

カチッ。

と、刃同士が当たる音がしたので、咄嗟に前方へ思い切り刀を突き出すと、同じように突き出された刀で、深々と胸を刺された。自分の刀も相手を突き刺していて、互いに倒れ込むように相手の顔を見ると、なんと仲間の山伏だった。

「同士討ちに気をつけろ！」

山内は叫んだが、すでに遅かった。

「合言葉を使え！」

とも言った。

「六根（ろっこん）」

「清浄（しょうじょう）！」

互いに言い交わされたが、この合言葉はあまり使用に適さなかった。

権蔵とあけびはすぐにそれを覚えてしまったし、逆に居場所を教えるようなことになった。

呻（うめ）き声と倒れる音が、あちらこちらで聞こえていた。吉宗のほうにそれほど味方はいないのだから、山内の仲間たちが被害に遭（あ）っていることは、容易に推測できた。

「なんだ、山内。どうなってるんだ？」

喜三次が喚いた。

吉宗に雨傘を差しかけていた山伏たちも、この事態に刀を抜いて離れて行った。

「わからぬ。だが、お前は上さまを逃がさぬことだけ頼む！」

「ああ。承知した」

喜三次はそう言って、頭一つ分ほど背の高い吉宗の胸倉を摑んで引き寄せながら、刃を首筋につけ、血走った眼をぎらぎらと光らせた。

突如として白く煙り出した事態に仰天したのは、い組の丈次も同じだった。

「おい、三太。これはいったいどうしたんだ？」

「さあ、あっしにもさっぱり」

丈次は火事の現場を見極めるように周囲一帯を見渡して、

「どうやら白く煙っているのは地上のほうだけみたいだ。梯子を持って来てくれ」

「わかりました」

三太は大雨のなかをなんとか湯屋のほうへ引き返し、軒下に備え付けられていた梯子を取ってもどって来た。

「こいつを立てるんだ」

「へい」

と、三太は梯子を縦にし、

「そこのお侍さんたちも手伝ってくださいよ！」

突っ立っていた水野たちに声をかけた。

なにをしたらいいのかもわからず、裸のままぼんやり立ち尽くすばかりだった水野たちが、ようやくやるべきことを与えられたものだから、いっせいに梯子にしがみついた。

いくらへっぴり腰とはいえ、水野、安藤、稲生(いのう)、大岡、そして三太と五人の男たちが支えれば、梯子は安定する。

わざとではないが、南町奉行(みなみまちぶぎょう)大岡越前守(えちぜんのかみ)の頭をむんずと踏みつけると、丈次は梯子にしがみつき、とんとんといっきに天辺(てっぺん)まで攀(よ)じ登った。

「なるほど。こうなっていたのかい」

上から見下ろすと、大雨のなか、直径が五間（約十メートル）ほどの円の内側だけが、まるで白濁した温泉のようだった。

うっすらと人の頭が見えていて、その数ももうそれほど多くはない。いちばんはっきり見えていたのが、身の丈六尺（約一・八メートル）の偉丈夫である吉宗だった。

そして、その下に短刀を突きつけているらしい男の頭がある。

「あの野郎……あと二間（約四メートル）、前に行ってくれ！」

丈次は下の男たちに言った。

「がってんだ」

梯子が二間ほど前進する。

「よし、ここだ」

丈次は二つの頭の位置を見定めると、逆向きになった。稽古してきた技をここで試みるらしい。

「しっかり、丈次さん！」

桃子姐さんの声がかかると同時に、丈次は身体を大きくのけぞらせ、くるりと回転して、白濁した下界へと飛び降りて行った。

四

喜三次という男は、かなりのワルだが、腕力と度胸だけでなく、独特の勘を持っていた。それがあるために、いままで町方の捕縛も免れ、根津の賭場を仕切って、江戸の北方ではかなりの顔役にのし上がることができたのである。

その勘がいま、危機を感じ取っていた。

なにかが迫っているのだ。

だが、どこから来るかはわからない。

弓矢か、鉄砲か、あるいは忍者とやらが使うという手裏剣のようなものか。

もしも自分の身体にそれが突き刺さったりしたら、喜三次は躊躇せず、目の前にいる将軍の首を掻き切るつもりだった。

天下の将軍を道連れに死ぬ。

子どものころから嫌われ、蔑まれ、後ろ指を差されつづけてきた悪たれの、なんと豪勢な死にざまだろうか。百万本のろうそくも、大僧正(だいそうじょう)の読経(どきょう)もいらない。

「どっからでも来やがれ！」

そう叫んだときである。

勘のいい喜三次も、まさか真上から来るとは思わなかった。突如、両肩に凄まじい衝撃が来た。

これで両肩が外れ、短刀も取り落とし、喜三次は激痛のなかで気を失った。

「将軍さま」

吉宗の目の前にいた男が、手妻(てづま)のように入れ替わった。

「なんと、丈次ではないか」

「お助けに参りました」

吉宗は上を見た。高い梯子が、大雨の空に気持ち良さげに伸びているのが見えた。空に向かって伸びる心地(ここち)良さ。やがて、この国の多くの建物はそうなっていくのではないかという予感が、吉宗の胸をよぎった。

「さあ、こちらへ」

丈次は吉宗を梯子のほうへと導いた。

同時に大声で、

「将軍さまは救い出したぜ！　もう大丈夫だ！」

と、叫んだ。

「なんだと！」

白い闇のなかで山内伊賀亮は愕然(がくぜん)とした。

喜三次はなにをしているのか。

——敗れたくない。

と、山内は思った。なんとしても敗れたくないと。

敗れたら、自分の抱(いだ)いてきた思いは、ただの邪悪な欲望だったことにされてしまう。決してそんなことはさせない。

子どものころから漠然(ばくぜん)と感じてきた、この世に対する不満。この世はなにか間違えているという予感。そして、いずれ自分が正さなければならないという信仰に似た気持ち。

それは、藩を追われ、浪々(ろうろう)の身になってから、ますます強くなった。不満や予感の正体も明確になってきた。それは大きな顔をした、頓珍漢(とんちんかん)で馬鹿な武士どもの政のせいだとわかった。それこそ、なんとしても正されなければならない悪だった。

その悪を退治するのは、善良な者には無理だった。自分のような悪の力を持った者が立ち向かわなければ、この世にへばりついた無駄な武士という悪をひっぺがすことはできない。

その思いを幼なじみの喜三次に語ったことがある。喜三次も、その気持ちはわかると言った。悪の道に落ちた者のほとんどにとって、じつはその理不尽な怒りこそが、悪の道を走り出すための最初の力だったのではないか。

――武士という存在は要らない。

たとえどんなぐうたらでも能無しでも、武士の家に生まれれば、町人や百姓を自分の下に置けるといういまの世の中の奇妙さを、あいつらに思い知らさなければならない。

いまや戦うのにこの上ない珠を手中にした。武士の頂点にいる者の血を引いた天一坊。それは幻であっても、いま、現実にいる征夷大将軍と置き換えることができるのだ。手妻の種になるのだ。

そしてこの計画はあと一歩のところまで来たのだ。

——敗れるわけにはいかぬ、わしは。

山内は自らを奮い立たせ、

「おのれ、将軍。逃がしてなるものか！」

やたら滅法に剣を振り回し、白い闇のなかをいま、声のしたほうへと進んだ。

このときになってようやく、雨足が鈍くなってきた。それとともに、あたりを覆っていた白い闇も、夢の終わりのように薄れていった。


豪雨は熄んでいた。

黒雲は逃げるが如くに流れ去り、そのあとからまるで盆と正月がいっしょに来た祝い歌でもうたうように、眩しく輝く青空が広がった。

それとともに、一石橋から常盤橋に至るお濠端の広い道のようすも、雨上がりの澄んだ光のなかに明らかになった。

山伏が出来の悪いキノコの群生のように、あちこちに倒れていた。気絶しているのもいれば、息をしていない者もおり、かすかに呻きながらのたうち回る者もいた。その数、十人。

ほかに、やけに首を長くして、仰向けに倒れている町人が一人。これが喜三次。

それから、腰を抜かしたようにしゃがみ込んでいる町人が二人。上野銀内と二代目村井長庵。

ちゃんと立っていたのは四人だけ。天一坊と山内伊賀亮。そして湯煙り権蔵とあけび。

吉宗は丈次に導かれ、家が並ぶほうまで避難していた。

なりゆきを見て取った山内伊賀亮は、しばし唖然としたが、

「これは……」

「かくなるうえは」

と、吉宗のほうへと猛然と突き進んで来た。子どもたちを皆、殺されてしまったカルガモの親のような怒りがにじみ出ている。

それを阻止せんと飛び出したのは、権蔵ではない。権蔵は一目散に逃げ出していて、単身立ち向かったのは、くノ一のあけびだった。

「女、どけ！」

山内の剣が、あけびを襲う。

これを短めの刀で受けながら、あけびは足蹴(あしげ)りを放った。白く伸びた、艶(つや)やかな素足(すあし)。しかし、それはあとわずかで空(くう)を切る。山内は返す刀を下から撥(は)ね上げてきたが、あけびはその切っ先をかがんでかわす。着物の裾が乱れ、果実のような太腿(ふともも)がのぞく。ドスの利(き)いた声が響き、それをなまめかしいほどの声が受ける。

目まぐるしい攻防だった。

だが、この段になってようやく、警護の者たちも事態に気づき、吉宗の周囲と、戦うくノ一の援護(えんご)に殺到(さっとう)した。

剣をふるう山内に、突棒(つくぼう)や刺股(さすまた)が繰り出され、あけびはようやく後ろに退(ひ)くことができた。

「斬るでない。捕縛せよ！」

吉宗の声が響いた。

十数人もの男たちによって、山内にとうとう縄がかかった。

　この一連のなりゆきを身を硬くして見つめていた天一坊が、吉宗の近くまでふらふらと歩いて来ると、がくりと膝をつき、

「わたしにもお縄を」

　と、手を差し出して言った。

終章　恵みの湯

一

豪雨のなかの奇妙な戦いから、およそひと月が経とうとしていた。

江戸の町にはすでに枯葉が舞い始めている。い組の丈次や三太にとっては、火事に注意しなければならない季節が到来した。

そのため、今日は朝から本番さながらの火消しの訓練がおこなわれ、丈次と三太はかなりくたびれて、富士乃湯へ来たところだった。

ざくろ口をくぐって、今日も茶を淹れられるくらい熱い湯に唸りながら身を沈めたところに、

「丈次さんに三太さん、お疲れね」

と、暗がりの向こうから声がかかった。

「おう、桃子姐さんかい」

丈次は、はっきりとは見えない桃子姐さんの顔に、笑みを返した。この日本橋きっての売れっ妓芸者と自分が、いとこ同士だなんて、嬉しいやら誇らしいやらで、どうしたって笑みも洩れてしまう。

「火消しの衆といっしょで、芸者も寒いほうが忙しくなるんだよ」

「そりゃあそうだ。寒いほうが酒はうめえもの」

「それはそうと、お裁きの噂は聞いてるかい？」

「例の天一坊のやつだね？」

「そう。なんでも、町奉行所では扱わず、どこか別のところの裁きになるんですってよ」

「ふうん」

「ことがことだけに、すべてを明らかにするのは容易なことじゃないんだろうね」

「そうだろうな。あの山内を助けた喜三次って野郎も相当な悪党で、将軍さまが信頼なさっていた揉み治療師のなんとか検校だの、ちょっと前には将軍さまの話を洩らしていた茶坊主頭まで始末していたそうじゃないか」

「そうなの」

「そういうのまですべて明らかにするには、来年までかかっちまうんじゃないかって話だよ」

丈次はそう言って、天一坊の端正な顔を思い浮かべた。

あのあと、丈次は天一坊のことを何度も考えてみた。あれは山内に乗せられただけで、天一坊自身はひたすら人のためになりたいと思っていたのではないか。であれば、なんとか情けあるお裁きを期待したいものだが、それは丈次にはどうにもならない。

「天一坊にはもういっぺん、会ってみたいんだがなあ」

その天一坊は、意外にも旅の途中にあった。

信州は白骨温泉。ここで湯治の客の身体を揉みながら、湯の効能について説いていた。

「そなたには日本中に、湯の効用を伝えてもらいたい。できれば、蝦夷の地まで足を延ばしてくれたらありがたい。あの地には、素晴らしい温泉がいっぱいあるらしいぞ」

と、吉宗から秘かに命じられたのである。

むろん、それは天一坊の、昔からの念願である。喜んで引き受けた。

もう一つの望みだった湯の神大社については、神仏のことはわからぬことが多いので保留にさせてくれとのことだった。それよりも、自分は天文のことに強い興味があるので、天一坊もそちらを学んではどうかと勧められてしまった。

山内伊賀亮のことを思うと、忸怩たるものはあるが、あの計略に乗ろうと思ったのは事実だった。当然、罪に服すつもりでいたが、吉宗の命が下ったのだった。かくなるうえは、吉宗の期待に沿うしかなかった。

天一坊とは別に、旅の途中にあったのは、湯煙り権蔵とくノ一のあけびだった。

二人の有能さを吉宗が激賞し、

「そなたたちにしかできぬ」

と、重大な任務を申しつけていたのである。

それは、『おくのほそ道』で有名な俳人・松尾芭蕉が、隠密として幕府に提出しようとし、何者かに奪われていた報告書が、近ごろ発見されたとのことで、

「ちと古い話だが、その足取りをもう一度、訪ね歩き、各藩に秘められた重大な機密を調べ直して欲しい」

というものだった。

この任務に、当然、権蔵は小躍りして喜んだ。芭蕉は旅の途中に那須温泉や飯坂温泉、山中温泉などの名湯に浸かっている。今度の旅もそうした温泉に入るのはもちろん、松島や平泉などの名所も訪ね歩くことができるのだ。

「仕事三分に物見遊山が七分」

と、権蔵は勝手に決めていた。

あけびのほうは逆にがっかりである。お庭番の頭と約束していた越後屋の着物選びは後回しになったうえに、またしても権蔵と二人旅である。そのかわり、立場はあけびのほうが上ということで、妥協したのだった。

二

「でも、将ぐ……おっと青井さまは、またこの富士乃湯に来てくれるのかねえ。あのときは、必ずまた来るとおっしゃったんだけど」

三太が湯舟のなかで言った。

危うく将軍さまと言いそうになったが、幸い湯舟にいるのは三人だけである。あの大騒動のあと、吉宗はそう言って城に帰って行ったのだった。

「無理に決まってるじゃねえか。お忙しい方なんだし、あんなことがあったんだから」

丈次がそう言うと、

「そうだよね。あたしも早く、お座敷に呼んでもらいたいんだけどさ」

と、桃子姐さんは言った。

「なんてったって、本物の征夷大将軍だもんなあ」

丈次が声を低くして言うと、

「ということは、桃子姐さんは……」

三太がおどけた顔をした。

「やめとくれ、三太さん。あたしは誰がおとっつぁんだろうが、日本橋芸者の桃子姐さんに変わりはないのさ」

じつは吉宗から城に入るかと打診されていたが、きっぱり断ったのである。

――ん？

三人は耳を澄ました。なにやら、脱衣場のほうが騒がしくなっていた。

「なんだ、なんだ。どうしたんだ？」

三太が湯舟から出て、外を見てみると、大勢の男たちが、巨大な桶を担いだまま、このなかへと入って来たではないか。

ひと月前から戯作者を諦め、番台に座るようになっていたここの若旦那が、

「なんだい、お前さんたちは？　この桶は？」

と、びっくりして訊いた。

「へえ。じつはたった今、熱海から持って来ました温泉の湯でしてね」

「熱海の湯だって？」

「お汲湯として再びお届けするのにあたって、まずはこちらの湯屋に入れるようにと、お城のほうから言われましてね」

「そんな話、聞いてないぞ」

「そう言われても、あっしらは困っちまいます」

湯屋の入口で揉めているところへ、

「お、ちょうど来たところではないか」

と、入って来たのは、なんと青井新之助こと徳川吉宗だった。

「よいのだ。先日、ここで騒ぎを起こしたお詫びということで、城の係りの者が配慮したことだ」

吉宗は、番台の若旦那にそう説明した。

「そうでしたか。熱海の湯をね。では、ありがたく頂戴します」

若旦那がうなずくと、男たちは、まず湯舟の湯をすべて抜き去って、熱海の湯をたっぷりと注ぎ込んだ。久しぶりの再開とあって、飛ぶような速さで運んできたから、まだ充分に熱い。とはいえ、若旦那は急いで風呂釜に火を入れた。なにしろ江戸っ子は熱湯好きなのだ。

じつは、熱海ではいったん穢れた湯を、上さまにお届けすることはできぬという意見に傾きつつあったらしい。

それを聞いた吉宗は、

「なにが穢れじゃ。肥であろう、人糞であろう。それは人から出たものだ。肥が穢れているなら、人だって穢れていることになってしまう。ただの汚れだ。汚れはすでに洗い落とされたはずじゃ。わしは今後も熱海の湯に入るぞ」

と言って、お汲湯の再開を認めたのだ。

「さあ、入るぞ」

吉宗が後ろを見ると、今日も水野、安藤、稲生のいつものお供に加え、大岡も来ていた。

吉宗はたちまち裸になり、先頭切って脱衣場から洗い場へと入った。この前はそこで、天一坊に肩や背中を揉んでもらったのだと思ったら、胸の奥がきゅんとなった。

天一坊は最後まで、玉吉が父だと言っていたらしい。なぜなら玉吉は母の千秋とは喧嘩ばかりしていたが、天一坊にはやさしく接してくれたそうだ。だから、わたしの父は間違いなく玉吉ですと。

そうなのかもしれない。

ただ吉宗には気になることもあった。

ここで天一坊に身体を揉まれていたとき、人とは違うところにある吉宗の三里や合谷などのツボを的確に見つけ出し、

「お武家さまのツボはわたしと同じところですね」

そう言ったのだった。

ということは、天一坊はやはり……。

——だが、所詮、断言はできぬのだ。

と、吉宗は思った。

人の世とはそういうものなのだ。白と黒が画然と分かれるようなことはほとんどない。正と邪も。成功と失敗も。勝ちと負けも。善と悪も。嘘と真実も。すべては微妙に混じり合うものなのだ。

だからこそ、人は迷うのだ……。

吉宗はつねに迷っている。

政（まつりごと）は迷いの連続だった。あっちを助ければ、こっちが困る。あっちにもこっちにも助けを必要とする者がいて、すべてを救える金も人手（ひとで）もない。よかれと思ってしたことが、思わぬ反発を招き、信じた者は反逆する。

疲れるのである。豪放かつ、威厳に満ち満ちた将軍は、そのじつ、日々、疲れ果てているのだ。

吉宗はこのあいだ天一坊に揉まれながら、さりげなく訊いてみたのだった。

「そなただって迷うことはあるだろう。悩み疲れることもあるだろう。そのときはどうする?」と。

天一坊はこう言ったのである。

「そのときは、一休み。とりあえず休息です」

それから、こうも言った。

「幸いにして、この国には、湯があります。全国各地に温泉が湧き出しています。おそらくその力が、あるときは山から火を噴かせ、あるときは大地を揺さぶりもするのでしょう。すると災厄（さいやく）となります。しかし同じ力が、わたしたちに湯の恵みをもたらしてくれるのです。だから温泉に浸（つ）かりましょう。温泉に行けぬなら、湯屋の湯でも構いませぬ。温泉の異母兄弟みたいなものですから」

なるほどな、と思ったものである。

人間、とりあえずの休息というのも必要なのだ。湯の恵みをもらい、そしてまた次の仕事に、次の困難に立ち向かおう。もしかしたらそれは、わが国固有の知恵ではないか。

「さあ、湯に浸かろう」

と、吉宗は丈次たちに言った。

「ええ、お待ちしておりましたよ」

待っていてくれたのだ。嬉しいではないか。

「どうぞ、お先に」

「うむ」

うなずいて、吉宗はざくろ口をくぐった。

無色無臭の清澄な名湯が、いま、富士乃湯の湯舟にひたひたと満ちていた。

縁を跨いで入る。熱過ぎないか。これは茶を淹れて冷ましてから飲むような熱さの湯ではないのか。それでもゆっくり身体を沈めていく。ぐっと力が入る。しかしまもなくである。全身の毛穴が開き、湯の熱さになじみ、皮膚や肉や五臓六腑が湯と睦み合う。思い切り手足を伸ばす。

皆がざくろ口から顔を出し、こっちをのぞいている。

「どうです、青井さま？」

丈次が訊いた。

「ううむ」

八代将軍徳川吉宗は唸り、それから誰もが言うように心から歓喜の言葉を言うのだった。

「いい湯じゃのう！」

（完）

初出

本書は、二〇一九年二月から二〇二〇年十一月にわたって『河北新報』『新潟日報』『中国新聞』『福島民友新聞』『大分合同新聞』など各紙に順次掲載された作品を加筆修正したものです。

この物語はフィクションです。

著者紹介
風野真知雄（かぜの　まちお）
1951年、福島県生まれ。立教大学法学部卒業。93年、「黒牛と妖怪」で第17回歴史文学賞を受賞し、デビュー。2002年、第1回北東文芸賞、15年、「耳袋秘帖」シリーズで第4回歴史時代作家クラブ賞・シリーズ賞、『沙羅沙羅越え』で第21回中山義秀文学賞を受賞。著書に、「いい湯じゃのう」「わるじい慈剣帖」「新・大江戸定年組」「味見方同心」シリーズ、『恋の川、春の町』など。

PHP文芸文庫　いい湯じゃのう（三）
ご落胤の真相

2022年5月23日　第1版第1刷

著　者　風野真知雄
発行者　永田貴之
発行所　株式会社PHP研究所
東京本部　〒135-8137 江東区豊洲5-6-52
第三制作部　☎03-3520-9620（編集）
普及部　☎03-3520-9630（販売）
京都本部　〒601-8411 京都市南区西九条北ノ内町11
PHP INTERFACE　https://www.php.co.jp/
組　版　朝日メディアインターナショナル株式会社
印刷所　大日本印刷株式会社
製本所　株式会社大進堂

ISBN978-4-569-90213-5

PHP文芸文庫

いい湯じゃのう(一)

お庭番とくノ一

風野真知雄　著

徳川吉宗の肩凝りで江戸が危機に⁉　そこに江戸を揺るがす、ご落胤騒動が……。お庭番やくノ一も入り乱れる、笑いとスリルの新シリーズ開幕！

PHP文芸文庫

いい湯じゃのう（二）

将軍入湯

風野真知雄　著

徳川吉宗が湯屋で庶民の悩みを解決⁉
しかしその裏で、幕府転覆の陰謀が進み
……。笑いとスリルの人気シリーズ、待望
の第2弾！

PHP文芸文庫

きたきた捕物帖

宮部みゆき 著

著者が生涯書き続けたいと願う新シリーズ第一巻の文庫化。北一と喜多次という「きたきた」コンビが力をあわせ事件を解決する捕物帖。

PHP文芸文庫

桜ほうさら（上・下）

宮部みゆき　著

父の汚名を晴らすため江戸に住む笙之介の前に、桜の精のような少女が現れ……。人生のせつなさ、長屋の人々の温かさが心に沁みる物語。

PHP文芸文庫

〈完本〉初ものがたり

宮部みゆき 著

岡っ引き・茂七親分が、季節を彩る「初もの」が絡んだ難事件に挑む江戸人情捕物話。文庫未収録の三篇にイラスト多数を添えた完全版。

PHP文芸文庫

おいち不思議がたり

あさのあつこ 著

舞台は江戸。この世に思いを残して死んだ人の姿が見える「不思議な能力」を持つ少女おいちの、悩みと成長を描いたエンターテイメント。

PHP文芸文庫

睦月童（むつきわらし）

西條奈加 著

「人の罪を映す」目を持った少女と、失敗続きの商家の跡取り息子が、江戸で起こる事件を解決していくが……。感動の時代ファンタジー。

PHP文芸文庫

戦国の女たち

司馬遼太郎・傑作短篇選

司馬遼太郎 著

北政所や細川ガラシャら歴史に名を残した女性から歴史に埋もれた女性まで……司馬遼太郎は戦国の女たちをどう描いたか。珠玉の短篇小説集。

PHP文芸文庫

わらべうた
〈童子〉時代小説傑作選

宮部みゆき、西條奈加、澤田瞳子、中島 要、梶よう子、諸田玲子 著／細谷正充 編

今読んでおきたい女性時代作家が勢揃い！ ときにいじらしく、ときにたくましい、子供たちの姿を描いた短編を収録したアンソロジー。